Arena-Taschenbuch

Band 50835

Weitere Titel von Patricia Schröder im Arena Verlag:

*Beste Freundin, blöde Kuh!*
*Beste Freundin, blöde Kuh! Und raus bist du*
*Beste Freundin, blöde Kuh! Eine wie keine*

*Auch als Hörbücher bei Arena audio*

*Beste Freundin, blöde Kuh! Mein Tagebuch*
*Beste Freundin, blöde Kuh! Mein Notizbuch*

*Patricia Schröder,*
1960 geboren, lebt mit Mann, zwei Kindern und einer Handvoll Tieren an der Nordsee. Sie studierte Produktdesign und arbeitet seit vielen Jahren als freie Autorin. Zuerst schrieb sie satirische Beiträge für den Funk, später Texte für Anthologien, bevor sie ihre Liebe fürs Kinder- und Jugendbuch entdeckte. Inzwischen sind zahlreiche Kinder- und Jugendromane bei Arena veröffentlicht.
Mehr über die Autorin unter www.patricia-schroeder.de.

Patricia Schröder

# Beste Freundin, blöde Kuh

## Verknallt, verkracht, versöhnt

Vignetten von Iris Blanck

Arena

FSC
www.fsc.org
MIX
Papier aus verantwortungsvollen Quellen
FSC® C110508

1. Auflage als Arena-Taschenbuch 2016

Einbandillustration: Iris Blanck
Umschlagtypografie: KCS GmbH · Verlagsservice & Medienproduktion, Stelle/Hamburg
Gesamtherstellung: Westermann Druck Zwickau GmbH
ISSN 0518-4002
ISBN 9-783-401-50835-1

*www.arena-verlag.de*
Folge uns!
*www.twitter.com/arenaverlag*
*www.facebook.com/arenaverlagfans*

»Puh! So eine Hitze!«, stöhnt Joey und linst mich gequält von der Seite an. »Das hält ja kein Mensch aus.«

Ich liege neben ihr in der prallen Sonne auf meiner Luftmatratze und rühre träge mit den Fingern im Baggersee herum.

»Die Brühe hier ist auch schon pisswarm«, murmele ich, lasse meine Hand volllaufen und spritze Joey eine Fuhre Wasser über den Bauch.

»Uaaah!«, kreischt sie und fährt erschrocken auf. »Pisswarm? Das wüsste ich a…«

Der Rest des Wortes vergluckert im Baggersee. Joeys Luftmatratze ist nämlich umgekippt und Joey mit einem lauten Platsch im zugegebenermaßen ziemlich kühlen Nass gelandet.

Eine Fontäne flirrender Wassertropfen rieselt auf mich herab.

»Uaaah!«, kreische ich, im nächsten Moment durchstoßen zwei Arme die Oberfläche des Sees. Sie umklammern meine Matratze und eine Sekunde später plumpse ich ebenfalls in den See.

»Und du willst meine Freundin sein!«, schnaufe ich, als ich wieder aufgetaucht bin.

»Klar, Miri.« Joey grinst mich übermütig an. »Die beste weit und breit.«

Ich spritze ihr eine weitere Portion Baggersee ins Gesicht und schon ist die schönste Wasserschlacht aller Zeiten im Gange.

Die Leute, die ein paar Meter von uns entfernt auf der Wiese sitzen, beobachten uns kopfschüttelnd.

Es ist Ende Mai und der erste richtig heiße Tag des Jahres. Logisch, dass es die halbe Stadt in die umliegenden Freibäder und zum See hinausgezogen hat. Strandmatten und Badetücher reihen sich so dicht aneinander, dass sie wie ein bunter Flickenteppich aussehen. Die meisten Leute lesen, spielen Beach- oder Federball oder dösen einfach in der Sonne. Die einzigen Verrückten, die sich mit ihren Luftmatratzen in den See gewagt haben, sind Joana und ich.

Das Wasser ist mörderisch kalt.

»Ungefähr minus neunundzwanzig Grad«, japst Joey, als sie sich zwei Minuten später neben Junia und Doreen auf die Decke fallen lässt.

»Bleibt mir bloß vom Leib!«, ruft Doreen und rutscht hastig ein Stück zur Seite.

»Wenn es wirklich so wäre, wärt ihr darin eingefroren«, meint Junia, »und wir hätten euch mit einem Eispickel herausschlagen müssen.«

Sie greift in ihren Rucksack, holt eine Tüte Weingummis heraus und wirft sie Doreen in den Schoß. »Hier, mach die mal auf.«

Joey und ich werfen uns einen Blick zu.

Inzwischen ist es ein gutes halbes Jahr her, dass sie und ich uns nach einem monatelangen Dauerstreit wieder versöhnt haben. Seitdem sind Junia, Doreen, Joey und ich eine eingeschworene Vierer-Clique. Nur selten gibt es Streit, und wenn doch, dann eigentlich nur wegen irgendwelcher dusseliger Kinkerlitzchen. Im Grunde verstehen wir uns supergut… Wenn es nicht dieses gewisse Thema gäbe, das beständig unter der Oberfläche schwelt, über das wir aber dummerweise nicht miteinander sprechen können: Junia, die Verständnisvollste und zugleich Vernünftigste von uns, ist nämlich eifersüchtig auf Joey. Davon zumindest sind wir übrigen drei felsenfest überzeugt.

Immer wenn Joana und ich uns mal alleine treffen, ist Junia hinterher komisch. Entweder ignoriert sie mich, ist brummig und einsilbig oder sie dreht total auf und versucht mit aller Gewalt, noch quirliger und verrückter als Joey zu sein.

Anfangs habe ich noch versucht, mit Junia darüber zu reden. Ich habe ihr gesagt, dass ich sie genauso mag, wie sie ist, und dass sie sich auf keinen Fall anstrengen muss, so wie Joey zu werden. Doch daraufhin hat sie nur gelacht, mir einen Vogel gezeigt und mich gefragt, was ich denn für ein Problem hätte.

»Gar keins«, habe ich gesagt und mir jeden weiteren Kommentar verbissen.

Tja, und seither bemühe ich mich redlich, möglichst viel Zeit mit Junia zu verbringen, damit sie sich Joey gegenüber nicht zurückgesetzt fühlt. Einerseits ist das recht einfach, schließlich wohnen wir zusammen und gehen außerdem in dieselbe Schule. Andererseits scheint aber genau das für Junia nicht dieselbe Bedeutung zu haben wie die Zeit, die wir vier Mädels darüber hinaus miteinander verbringen beziehungsweise verbringen *können*.

Ich habe echt keine Ahnung, was mit ihr los ist. Im letzten Herbst ist sie jedenfalls noch vollkommen anders drauf gewesen.

»Du solltest es vielleicht auch mal ausprobieren«, sagt Joey jetzt zu ihr. »Dann wirst du schon sehen, wie kalt es sich anfühlt.«

»Wie soll das denn gehen?«, erwidert Junia. »Oder kannst du etwa mit den Augen fühlen?«

Wahrscheinlich soll es witzig klingen, aber leider hört es sich ziemlich korinthenkackerig an.

»Na ja, dann lass es eben«, brummt Joey. Sie wickelt sich in ihr dickes grünes Handtuch ein und lässt sich zähneklappernd neben Doreen auf der Decke nieder.

Die hat die Tüte mit den Weingummis bereits aufgerissen und stopft sich nun ein Teil nach dem anderen in den Mund, während sie zwischen uns hin- und herschaut.

»Jetzt streitet doch nicht«, schmatzt sie. »Der Tag ist viel zu schön, um unnötig dicke Luft anzurühren.«

»Das tut doch niemand«, sagt Junia. Ihre Miene ändert sich schlagartig und plötzlich ist sie wie umgewandelt. »Wie wär's mit 'ner Runde Frisbee?«, fragt sie, springt auf die Füße und boxt mich übermütig gegen die Schulter.

»Jetzt lass mich doch erst mal ein bisschen aufwärmen«, erwidere ich, schlüpfe in meinen Bademantel und will mich gerade auf Doreens andere Seite setzen, da packt Junia mich am Ärmel und zerrt mich wieder hoch.

»Ach, komm schon. Was meinst du, wie schnell du warm wirst, wenn du dich bewegst.«

»Recht hat sie, Miriam«, bestätigt Joey und zwinkert mir vielsagend zu. »Tu mir den Gefallen und schenk mir ein bisschen Zeit allein mit unserer süßen Doreen«, sagt sie, mopst sich einen roten Weingummi-Teufel aus der Tüte und drückt Doreen einen Kuss auf die Wange.

Seufzend ziehe ich den Bademantel wieder aus und lasse ihn zu Boden fallen. Allmählich habe ich keine Lust mehr auf dieses Theater. Aber was tut man nicht alles um des lieben Friedens willen!

»Und jetzt habe ich Lust auf ein schönes kühles Eis«, verkündet Junia, nachdem wir uns eine gute Viertelstunde mit der orangeroten Flugscheibe vergnügt haben.

»Ach, lass uns doch noch ein bisschen weiterspielen«, bettele ich. »Ich bin gerade so gut in Fahrt. Außerdem ist mein Badeanzug noch nicht ganz trocken.«

»Na gut.« Junia lacht und schleudert das Frisbee so schwungvoll in meine Richtung, dass es über meinen Kopf hinwegsaust und ich nicht die geringste Chance habe, es aufzufangen.

»Vielen Dank auch!«, rufe ich und wirbele herum, um dem Ding hinterherzueilen.

»Keine Ursache«, sagt ein Typ, der nur wenige Schritte von mir entfernt steht und den ich in meinem Eifer fast über den Haufen renne.

Er trägt Boxershorts und ein schwarzes Nike-T-Shirt, hat total verwuschelte braune Haare und Augen wie Schokokugeln. Grinsend hält er mir die Frisbeescheibe entgegen.

»Ähm … oh …«, stammele ich und komme in letzter Sekunde zum Stehen. »Hast du sie gefangen?«

Eine dämlichere Frage hätte ich nun wirklich nicht stellen können. Doch zum Glück geht der Typ ganz lässig darüber hinweg.

»Was dagegen, wenn ich mitspiele? Oder sind die Damen schon müde?«

»Geht so«, sage ich, während ich hastig einen Schritt rückwärts mache, um ihm nicht womöglich doch noch auf die Füße zu latschen. »Eigentlich wollten wir uns gerade ein Eis holen, oder, Junia?«, rufe ich zu meiner Schwesterfreundin hinüber.

Die steht da, als hätte der Blitz in sie eingeschlagen. Völlig reglos bis auf ein kaum merkliches Schulterzucken.

»Auch gut«, erwidert der Typ. »Ich geb euch eins aus. In Ordnung?«

»Ja, wieso nicht?«, sage ich, nachdem ich eine winzige Anstandssekunde habe verstreichen lassen. »Mit wem haben wir denn überhaupt die Ehre?«

»Harper«, antwortet er und deutet einen Diener an.

»Hä?«, wundere ich mich, denn diesen Namen habe ich noch nie gehört.

»Harper Stenton, vierzehn Jahre alt, Mutter Deutsche, Vater Engländer.«

»Oh«, sage ich. »… Aaah!«

»Und du?«, erkundigt er sich.

»Mein Vater ist kein Engländer«, sage ich hastig.

»Nicht weiter schlimm.« Harper zwinkert mir zu. »Eigentlich wollte ich auch bloß wissen, wie du heißt.« Er nickt in Richtung Junia. »Den Namen deiner Freundin kenne ich ja bereits.«

»Ähm, Miriam«, sage ich und hole einmal tief Luft. »Miriam Schleher. Am sechsten September werde ich dreizehn.«

»Vielen Dank für die Einladung«, erwidert Harper. »Wo soll die Party denn stattfinden?«

»Äh … was?«, stoße ich aus, dann fange ich an zu lachen.

In den vergangenen Monaten habe ich ja eine Menge ulkiger Jungs kennengelernt, aber ein Typ wie Harper ist mir bisher noch nicht untergekommen.

»Du willst mich also gar nicht dabeihaben«, sagt er jetzt und verzieht seine Lippen zu einem Schmollmund – was ihm genauso gut steht wie seine Schokoaugen.

»Doch. Schon«, entgegne ich zögernd, denn mit einem Mal kommt mir in den Sinn, dass Harper mich womöglich die ganze Zeit über schon auf den Arm nimmt.

Immerhin ist er bereits vierzehn. Warum soll er sich da ausgerechnet mit zwei Zwölfjährigen abgeben, deren Busen noch nicht mal ansatzweise ausgewachsen sind?

»Mal sehen«, füge ich also hastig hinzu. »Wir kennen uns ja noch gar nicht richtig.«

»Deswegen ja auch mein Vorschlag, zunächst ein bisschen Frisbee zu spielen und anschließend noch ein paar Worte beim Eisessen miteinander zu wechseln.«

Erwartungsvoll sieht Harper zu Junia rüber, die noch immer so fest verwurzelt wie ein Baum auf der Stelle steht und kaum ein Zweiglein rührt. Sie guckt ihn nicht mal richtig an. Weiß der Himmel, vielleicht ist sie schon wieder sauer, weil ich so lange mit ihm quatsche.

»Ich weiß nicht…«, druckse ich. »Eigentlich wollten meine Freundin und ich ein bisschen unter uns blei…«

»Ja, warum eigentlich nicht«, fällt Junia mir da ins Wort und nickt Harper finster zu. »Miri und ich gegen dich.«

»Ganz, wie du willst«, gibt er schulterzuckend zurück.

»Und wer verliert, spendiert der Gegenpartei ein Eis«, erwidert Junia und es klingt eher wie ein Befehl als wie ein Vorschlag.

»Aye, aye, Sir.« Harper reckt die Brust heraus und schlägt sich mit der Handkante gegen die Stirn. »Es wird mir ein Vergnügen sein.«

Ich laufe rasch zu Junia hinüber und stelle mich ungefähr zehn Schritte von ihr entfernt auf.

»Den machen wir fertig, klar?«, zischt sie.

Im nächsten Augenblick saust das Frisbee bereits auf mich zu. Reflexartig lasse ich meine Hand vorschnellen, doch ehe ich die Scheibe packen kann, schlägt sie vor mir einen Bogen, kratzt mich beinahe an der Nasenspitze und fliegt weiter zu Junia, die sie souverän aus der Luft fischt.

»Das hast du dir wohl so gedacht«, höre ich sie murmeln, dann schickt sie das Frisbee mit einem lockeren

Schwung aus dem Handgelenk zu Harper zurück, der es ziemlich lässig auffängt.

Und so geht es dann eine ganze Weile hin und her.

Natürlich versuchen wir, Harper auszutricksen, indem wir möglichst hoch über seinen Kopf zielen beziehungsweise ein ganzes Stück rechts oder links von ihm anpeilen, doch es scheint so, als ob seine Beine mit Sprungfedern ausgestattet wären.

Wie ein Flummi titscht er hin und her und hoch in die Luft und schnappt sich selbst die unmöglichsten Dinger. Die meisten davon hätten Junia und ich jedenfalls nicht gekriegt und so kann ich nicht umhin, ihn insgeheim ein wenig zu bewundern.

Zu guter Letzt macht Harper sogar noch einen Handstand und fängt das Frisbee zwischen seinen Füßen auf. Anschließend lässt er sich hintenüberfallen, schlägt eine Brücke und kommt dann superelegant wieder auf die Beine.

»Wow!«, rufe ich. »Bist du etwa Turner?«

»So ähnlich«, sagt er und ein Schatten zieht über sein Gesicht. Doch eine Sekunde später lacht er schon wieder. »Sieht so aus, als ob keiner von uns zu schlagen wäre, oder?«

»Blödmann«, presst Junia leise zwischen zusammengepressten Zähnen hervor. »So ein dämlicher Angeber kann mir echt gestohlen bleiben.«

Stirnrunzelnd sehe ich sie an. Okay, Harper ist ein seltsamer Typ, ein bisschen von sich eingenommen, aber irgendwie auch nett. Ich zumindest hätte keine Probleme damit, mich noch ein Weilchen mit ihm abzugeben. Doch Junia hat offensichtlich andere Pläne.

»Tja«, sagt sie jetzt laut und deutlich. »Kein Verlierer, kein Gewinner, kein Eis.«

»Ich würde euch trotzdem gern eins ausgeben«, erwidert Harper.

»Vielen Dank«, knurrt Junia, »aber mir ist der Appetit inzwischen vergangen.«

Sie klemmt sich das Frisbee unter den Arm, hakt sich bei mir ein und zieht mich, ohne Harper auch nur eines weiteren Blickes zu würdigen, hinter sich her zu unserer Decke zurück.

»Der Typ vorhin sah ja absolut göttlich aus«, schwärmt Doreen mir abends am Telefon vor. »Also, wenn ich Rasmus nicht so wahnsinnig lieben würde… Ich hätte mich glatt vergessen können.«

»Na ja«, sage ich, während ich mich auf meinem Bett zwischen Kopfende und Wand in ein großes Kissen kuschele, »irgendwie war er aber auch komisch.«

»Inwiefern?«, will Doreen natürlich gleich wissen.

»Na ja, so 'n bisschen angeberisch«, erwidere ich.

»Jaaa, also seine Bewegungen und wie er jeden Wurf gekriegt hat, das war schon total göttlich!«

Doreen seufzt und ich bilde mir ein, zwischen dem Seufzer auch einen Schmatzer vernommen zu haben. Kein

Kuss-Schmatzer, sondern so einer, der entsteht, wenn man auf einer Praline herumlutscht.

»Ach, du findest also, dass er sich darauf ruhig was einbilden kann?«, frage ich erbost. »Junia konnte ihn jedenfalls überhaupt nicht leiden«, setze ich geharnischt hinzu.

»Und was ist mit dir?«

»Wieso? Was soll mit mir sein?«

Doreen stöhnt. »Konntest du ihn auch nicht leiden?«

»Na hör mal!«, rufe ich empört. »Ich bin mit Cobi zusammen.«

»Also ja«, schlussfolgert Doreen und schmatzt zufrieden.

»Sag mal, futterst du etwa die ganze Zeit Schokolade?«, knurre ich.

»Mhmmm«, macht Doreen nur.

»Dann hast du wohl vergessen, dass du diesbezüglich kürzertreten wolltest.«

»Nee«, sagt sie, »hab ich nicht. Nur drei Riegel Vollmilch-Nuss in der Woche. Daran halte ich mich.«

»Aber du hast vorhin am Baggersee doch schon die ganze Tüte Weingummis allein aufgefuttert«, werfe ich ihr vor.

»Das war ein Versehen«, meint Doreen leichthin. »Aber Weingummis enthalten ja zum Glück kein Fett.«

»Dafür allerdings jede Menge Zucker«, entgegne ich. »Und der macht ebenfalls dick.«

Doreen schweigt.

Tatsache ist: Seit den letzten Herbstferien hat sie fast fünf Kilo abgenommen. Tatsache ist allerdings auch: So richtig schlank sieht sie immer noch nicht aus.

»Du willst ja bloß ablenken«, grummelt sie.

»So ein Quatsch! Wovon denn?«

»Davon, dass dir der Frisbee-Typ gefallen hat«, behauptet sie. »Wie heißt er eigentlich?«

»Harper«, sage ich wütend.

»Cooler Name.«

»Und er hat mir genauso wenig gefallen wie Junia«, fauche ich.

»Prima«, schmatzt Doreen. »Dann können wir uns ja überlegen, wie wir ihn mit Joey zusammenbringen. Die ist vor Verzückung nämlich fast mit ihrem Badetuch verschmolzen.«

Den Rest des Abends versuche ich, nicht mehr an Harper und vor allem nicht an Doreens letzten Satz zu denken.

Vor Schreck war mir nämlich glatt der Hörer aus der Hand gefallen. Gleichzeitig rief Mama zum Abendessen, sodass ich mich von Doreen verabschieden konnte und segensreicherweise keinen Kommentar mehr dazu abgeben musste.

Wenn Joey sich tatsächlich in Harper verguckt hat und Doreen ihren Plan realisieren will, die beiden miteinander zu verkuppeln, gibt es nämlich ein Problem, und das heißt Junia. Solange die ihn nämlich blöd findet, würde sie sich garantiert weigern, dabei mitzumachen. Ein offener Streit wäre vorprogrammiert und den gälte es zu verhindern.

Diese Aufgabe würde ganz zweifellos mir zufallen, allerdings habe ich keinen blassen Schimmer, wie ich das anstellen soll. Heute will ich mir darüber aber nicht mehr den Kopf zergrübeln. Das kann ich auch immer noch morgen nach dem Ausschlafen am langen freien Sonntag tun.

»Und?«, reißt Mama mich aus meinen Gedanken. »War es schön am Baggersee?«

»Total«, kommt Junia mir zuvor. »Miri und Joey sind sogar schwimmen gewesen.«

»Na, hoffentlich erkältest du dich nicht«, sagt meine Mutter. »Das Wasser war doch sicher noch eiskalt.«

»Sie waren ja nicht lange drin«, meint Junia abwinkend. »Außerdem hatte Miri ihren Bademantel dabei. Sie hat sich nach dem Schwimmen sofort hineingekuschelt und war ruck, zuck wieder warm und trocken.«

Dass auch ihr Joeys und mein Bad im Baggersee nicht sonderlich gefallen hat, erwähnt sie mit keiner Silbe, ebenso wenig wie Harper und unser schweißtreibendes Frisbee-Spiel. Stattdessen beißt sie genüsslich in ihr mit Käse überbackenes Schinken-Tomaten-Baguette und tut so, als könne sie kein Wässerchen trüben.

Ich beschließe, sie deswegen gleich nach dem Abendbrot zur Rede zu stellen, verwerfe diese Idee jedoch sofort wieder. Wahrscheinlich hat es sowieso keinen Zweck, weil Junia garantiert alles abstreiten und mir nur wieder Halluzinationen ins Gehirn dichten würde. Ich mache also gute Miene zum bösen Spiel und zwinkere ihr sogar zu.

Junia zwinkert zurück, dann seufzt sie selig und beißt gleich noch einmal herzhaft in ihr Brot.

Na wunderbar, denke ich, so einfach ist es also, ihre Welt in Ordnung zu halten. Wie es in meiner aussieht, scheint eh niemanden zu interessieren. Vielleicht sollte ich doch noch einmal eine kleine Beratungsrunde mit Joey und Doreen starten, überlege ich weiter, während ich das unangerührte Baguette auf meinem Teller anstarre.

»Was ist los mit dir, Miriam?«, fragt Junias Mutter Sabine. Sie streicht sich ihre dunkelblonden Haare hinters Ohr und stellt mir eines der vier Schälchen hin, die sie gerade mit grünem Salat gefüllt hat. »Nach einem solchen Tag müsstest du doch eigentlich einen Bärenhunger haben.«

»Hab ich ja auch«, entgegne ich, ziehe das Schälchen zu mir heran und spieße lustlos ein Salatblatt auf meine Gabel. »Vor allem aber bin ich müde.«

»Das wundert mich nicht«, sagt Mama und kneift mich liebevoll in den Arm. »Und deshalb schlage ich vor, dass du heute mal richtig früh ins Bett gehst.«

Normalerweise hätte mich Mamas Vorschlag zu wilden Proteststürmen angestachelt, doch an diesem Abend nehme ich ihn dankbar an. Denn auf diese Weise kann ich auch Junia gegenüber so tun, als ob ich die verordnete frühe Nachtruhe tatsächlich dringend brauche. Sie hat es sich nämlich zur Angewohnheit gemacht, vor dem Schlafen noch mal bei mir vorbeizuschauen. Darauf habe ich heute jedoch überhaupt keine Lust und so packe ich die Gelegenheit beim Schopf, helfe noch rasch beim Tischabräumen und flitze dann in den ersten Stock hinauf, den Mama und ich bewohnen.

Mein Zimmer ist das größte hier oben und hat genau wie das von meiner Mutter sogar einen kleinen Balkon, den man über ein hohes doppelflügeliges Fenster betreten kann. Als wir einzogen, war er noch über und über mit Efeu und Rosen bewachsen, doch inzwischen habe ich alles zurückgeschnitten, sodass ich an lauen Abenden ganz wunderbar hier draußen sitzen kann.

Sicherheitshalber – nämlich wegen Junia – verriegele ich die Tür und ziehe den Schlüssel ab. Das habe ich mit

Mama so verabredet, damit sie notfalls mit dem Ersatzschlüssel öffnen kann. Dann reiße ich die beiden Fensterflügel auf und trage das dicke Bodenkissen, das Papa mir geschenkt hat, hinaus. Anschließend schnappe ich mir meinen Laptop und mache es mir auf dem Kissen bequem.

Eine ganze Weile sitze ich nur so da, gegen den Mauervorsprung gelehnt, und schaue den Vögeln zu, die sich munter im Ahornbaum tummeln und ihre immer gleichen fröhlichen Lieder zwitschern.

»Ihr habt wohl nie Probleme, was?«, murmele ich. »Oder ihr nehmt sie einfach hin. Das kann ich aber nicht«, erkläre ich einer Kohlmeise, die sich an einem Ast den Schnabel wetzt. »Schließlich bin ich ein Mensch und deren Gehirne sind dazu gemacht, Probleme zu lösen.«

Die Meise stößt einen Pfiff aus und flattert davon.

»Du hast es gut«, seufze ich und klappe den Deckel des Laptops auf. Innerhalb weniger Sekunden ist er hochgefahren und ich checke sofort bei *Kidchat* ein, aber leider sind weder Joey noch Doreen online. – Mist!

Vorsichtig lege ich den Rechner auf den Boden und hechte ins Zimmer zurück, um meinen Rucksack nach meinem Smartphone zu durchwühlen. Ich finde es im Hauptfach unter meinem nassen Schwimmanzug und dem feuchten Bademantel.

»Mist! Mist! Mist! Miri, was bist du bloß für ein Torfkopp!«, beschimpfe ich mich selbst und drücke hektisch auf dem Touchscreen herum.

Als das Display aufleuchtet, stoße ich einen Seufzer der

Erleichterung aus. Die Nässe hat dem Handy offenbar nicht geschadet.

Nachdem ich die beiden nassen Teile zum Trocknen über das Balkongeländer gehängt habe, schicke ich Joey und Doreen jeweils die gleiche SMS:

Wann habt ihr zeit für ein dreier-date?
Ich muss dringend mit euch reden.
:-P miri

Danach stiere ich geschlagene zehn Minuten wie gebannt auf das Display, doch keine meiner beiden Freundinnen meldet sich. Na ja, Doreen ist bestimmt mit Rasmus unterwegs und Joey rechnet wahrscheinlich überhaupt nicht damit, eine Nachricht von mir zu bekommen. Sie weiß, dass meine Abende daheim Junia gehören.

Woah! Wenn ich nur darüber nachdenke, kriege ich schon die Krise! Als hätte Junia mich gemietet!

Ich linse auf den Monitor meines Laptops und sehe, dass Cobi mich angeschrieben hat. Augenblicklich wird mein Herz ein Kilo leichter. Cobi ist der helle Stern in meinem Leben, die einzige Person, mit der absolut alles rundläuft.

Na ja, eigentlich gehört Diana Krähenhorst, die alte Dame aus dem Altenheim, ebenfalls dazu. Dummerweise ist die jedoch nun schon seit drei Monaten bei ihrer Tochter und ihrer Enkelin Mary-Ann in Amerika. Bisher hat sie mir zwei Karten und zwei Briefe mit Familienfotos geschickt, aber in keinem stand, wann beziehungsweise ob sie überhaupt jemals wieder nach Deutschland zurückkehrt. Zurzeit scheint sie sich auf dem fernen Kontinent jedenfalls sehr wohlzufühlen. Und es ist ja auch nicht so, dass ich ihr das nicht gönne, sie fehlt mir bloß, die gute alte Krähe.

Ich klaube den Laptop vom Boden auf und schaue nach, was Cobi mir schreibt.

Miri, Miri,
heute war ein toller Tag. Ich muss dir unbedingt davon erzählen. Wie wär's, wenn wir morgen Nachmittag ins Kino gehen und uns anschließend auf 'nen Döner und einen kleinen Kuschel-Plausch in den Stadtpark setzen?
Du hast mir heute gefehlt.
Ich hab dich ganz doll lieb :-*****

»Und ich dich erst«, hauche ich.

Mein Herz klopft und eine warme Welle schwappt durch meine Brust. Ach, Cobi, wenn ich dich nicht hätte!

Cobi, Cobi,

schreibe ich schnell zurück.

Klar, hab ich Lust auf Kino, Döner und einen gemütlichen Kuschel-Plausch mit dir!
Hdl Miri :-***

Vielleicht könnte ich mir sogar auch von ihm einen Rat wegen Junia holen. Mit Cobi kann ich nämlich so ziemlich über alles reden. Außerdem betrachten Jungs Mädchengeschichten aus einem ganz anderen Blickwinkel. Deshalb ist es nicht einmal unwahrscheinlich, dass er tatsächlich einen Weg aus der Zwickmühle weiß, in der ich gerade stecke.

Blöderweise ist er inzwischen offline gegangen, denn am liebsten hätte ich die Sache jetzt gleich im Chat mit ihm besprochen. Doch wie es aussieht, ist weder er noch sonst jemand heute Abend für mich zum Reden da.

Eigentlich wäre das eine gute Gelegenheit, wenigstens noch für ein halbes Stündchen zu Junia hinunterzugehen. Sooo spät, dass Mama mich gleich wieder nach oben scheuchen und ins Bett befehligen würde, ist es ja noch lange nicht. Und bestimmt würde Junia sich wahnsinnig freuen, wenn ich sie zur Abwechslung mal wieder in ihrem Zimmer besuche. In der letzten Zeit ist sie nämlich fast immer zu mir gekommen.

Aber ich bringe es einfach nicht über mich. Im Gegenteil. Je mehr ich mich dazu durchzuringen versuche, desto fester scheint mein Hintern mit dem Sitzkissen zu verwachsen.

Allein die Vorstellung, wie Junia mir jubelnd in die Arme stürzt, wie sie lacht und gar nicht mehr zu plappern aufhört, lässt mir eine sanfte Gänsehaut den Rücken hinunterrieseln. Fehlte nur noch, dass sie auf die Idee käme, die Nacht gemeinsam in ihrem Zimmer zu verbringen.

Oh ja! Ich höre bereits, wie sie ins Schwärmen gerät. Schließlich sei Wochenende und es gäbe doch nichts Schöneres, als mit seiner besten Freundin im Mondlicht zu liegen, Schokolinsen zu knabbern, zu kichern und zu tuscheln und sich gegenseitig die allerintimsten Geheimnisse anzuvertrauen. – Stimmt!

Das Problem ist nur: Meine beste Freundin ist nicht Junia, sondern Joey. Jedenfalls wünschte ich, dass es so wäre. Bisher hat das aber noch keine von uns auszusprechen gewagt. Schließlich wollen wir uns in unserer Clique mit allen gut verstehen und niemanden verletzen. Außerdem weiß ich noch nicht einmal, ob Joey mich überhaupt noch so gern hat wie früher, als es nur sie und mich und unsere beiden Angelos gab.

Bei mir zumindest hat sich daran nicht das Geringste geändert und ich sehne kaum etwas so sehr herbei wie eine ganze lange Nacht allein mit Joey. Doch genau darauf werde ich aus Rücksicht auf Junia wohl für den Rest meines Lebens verzichten müssen.

Es ist kalt und jemand rüttelt mich an der Schulter.

»Miriam? … Miriam!«

»Lass mich«, murmele ich. »Ich will noch ein bisschen pennen.«

»Das sollst du ja auch«, wispert die Stimme. »Aber doch nicht hier. Du bist ja schon ganz steif.«

»Mama«, krächze ich und schlinge meine Arme um ihren Hals. »Was ist passiert? Wo ist Angelo?«

»In seiner Kiste«, erwidert sie und küsst mein Haar. »Und jetzt komm, hilf ein bisschen mit, es sind doch nur ein paar Schritte bis zum Bett hinüber.«

»Ich möchte so gerne wieder mal bei Joey schlafen.«

»Darüber reden wir morgen«, erwidert meine Mutter, während sie meine Taille umfasst und mich leise stöhnend auf die Beine stellt. »Bitte, Miriam, lass dich nicht so hängen. Ich bin doch kein Maulesel.«

»Was?«, sage ich und mit einem Schlag bin ich hellwach. Ich löse mich von meiner Mutter und stolpere ins Zimmer. »Was habe ich da eben gesagt?«

»Dass du mal wieder bei Joey übernachten möchtest«, erwidert sie. »Was ich übrigens sehr gut verstehen kann, allerdings …«

»Vergiss es«, falle ich ihr ins Wort. »Bitte, Mama, das war doch bloß ein Traum. Du darfst es niemandem erzählen. Okay?«

»Ja … natürlich … wie du willst.« Sie schüttelt irritiert den Kopf. »Ich verstehe allerdings nicht, warum du …«

»Das brauchst du auch nicht«, unterbreche ich sie abermals. »Es ist so etwas wie ein Insider«, füge ich hastig hinzu, damit sie sich bloß nicht das Gehirn zergrübelt und womöglich noch auf dumme Gedanken kommt.

Aber leider gibt sie sich mit dieser Erklärung nicht zufrieden.

»Ein Insider … so, so.« Sie knipst meine Nachttischlampe an, schlägt die Bettdecke zurück und mustert mich skeptisch. »Ihr habt euch doch nicht etwa schon wieder gestritten? Joey und du …«

»Natürlich nicht«, erwidere ich möglichst heiter, ziehe meine Sachen aus und schlüpfe in meinen Pyjama. »Wie kommst du darauf?«

»Och.« Meine Mutter zuckt mit den Schultern und

grinst. »Nur so.« Sie huscht noch mal auf den Balkon hinaus, um den Laptop und das Sitzkissen hereinzuholen, und stellt das Fenster anschließend auf Kipp. »Ich schlage vor, aufs Zähneputzen verzichtest du heute mal.«

Hm, soll mir recht sein – ausnahmsweise. Schließlich muss ich heute ja niemanden mehr küssen.

»Wie spät ist es überhaupt?«, frage ich, schlüpfe unter die Bettdecke und schiele auf meinen Wecker. »Du lieber Himmel, schon halb zwei! Und du bist noch gar nicht im Bett gewesen?«

»Na ja … ich hatte Besuch«, erklärt Mama ausweichend. Sie zupft noch ein wenig am Überzug herum, drückt mir einen Kuss auf die Wange und huscht eilig zur Tür. »Gute Nacht, mein Schatz.«

Ich schnelle hoch. »Besuuuch?«, rufe ich verwundert. »Wer war denn da?«

Und wieso weiß ich nichts davon?

»Jetzt leg dich mal wieder hin, Miriam«, sagt meine Mutter streng. Sie kommt an mein Bett zurück und schaltet die Lampe aus. »Je länger wir uns nun noch unterhalten, desto munterer wirst du und am Ende kannst du gar nicht mehr einschlafen.«

»Ich bin sowieso schon total wach«, entgegne ich und schlage die Decke zurück. »Ich putze mir jetzt die Zähne und währenddessen erzählst du mir, wer dich besucht hat. Ist doch überhaupt kein Problem.«

Ich bin bereits im Begriff aufzustehen, da fasst meine Mutter mich an den Schultern und drückt mich energisch auf die Matratze zurück.

»Das sehe ich anders«, sagt sie und ihre Miene spricht Bände.

Mir ist sofort klar, dass ich mich ein Stück zu weit vorgewagt habe, und ziehe vorsichtshalber den Kopf ein.

»Erstens ist *mein* Besuch ebenso *meine* Angelegenheit wie *deine* Auseinandersetzungen mit Joey *deine* sind«, fährt Mama mich in ungewohnt harschem Tonfall an. »Und zweitens bestimme von uns beiden immer noch ich die Regeln hier im Haus. Ist das klar?«

Ich schlucke. Mit einem solchen Einlauf habe ich dann doch nicht gerechnet.

»Ja«, presse ich kleinlaut hervor.

»Gut.« Meine Mutter nickt und ihre Miene entspannt sich wieder. »Dann sind wir uns ja einig.« Sie zieht mir die Bettdecke bis unters Kinn und tätschelt mir mit den Fingern sachte die Brust. »Und jetzt mach mal ganz schnell die Augen zu. Wenn du da draußen auf dem Balkon schon im Sitzen eingenickt bist, musst du wirklich ziemlich müde gewesen sein. Besonders erholsam war dieser Schlaf aber sicher nicht.«

Da hat sie leider recht. Mit Ausnahme meines Gehirns fühle ich mich in der Tat wie gerädert. Gleich wieder einschlafen kann ich trotzdem nicht.

Nachdem meine Mutter die Tür hinter sich zugezogen hat, starre ich noch eine ganze Zeit lang gegen die nachtfahle Zimmerdecke und denke über den mysteriösen Besuch nach.

Wer zum Teufel könnte das bloß gewesen sein? Und wieso macht sie ein solches Geheimnis daraus? Sie hat mir ja nicht einmal in Aussicht gestellt, mir morgen, später oder irgendwann mal zu verraten, wer es war. Mamas Verhalten in dieser Sache ist wirklich höchst verdächtig. Bisher hat sie mir nämlich früher oder später immer alles erzählt.

Vielleicht ist es etwas Geschäftliches und hat mit ihrem Deko-Laden zu tun, versuche ich mir zunächst noch einzureden, aber letztendlich glaube ich mir das selber nicht.

Am nächsten Morgen ist der Himmel wieder strahlend blau und der Sonntag verspricht genauso sommerlich warm zu werden wie der Samstag. Ideales Kino-Wetter ist es jedenfalls nicht. Am liebsten würde ich mich am Nachmittag mit Doreen und Joey treffen und danach erst mit Cobi auf einen Döner im Park. Die Geschichte mit Junia brennt mir auf der Seele, sie muss schnellstmöglich geklärt werden.

Ich springe aus dem Bett und hechte zum Schreibtisch hinüber, wo Mama gestern Nacht den Laptop und mein Handy abgelegt hat. In der Hoffnung, dass Joey und Doreen auf meine SMS reagiert haben, schalte ich es an. Mit fliegenden Fingern tippe ich die PIN-Nummer ein, doch noch ehe das Hauptmenü auf dem Display erscheint, klopft es an meine Zimmertür.

»Wer ist denn da?«, rufe ich erschrocken und verstecke die Hand mit dem Smartphone hinter meinem Rücken, so als hätte man mich bei etwas Verbotenem ertappt.

»Ich«, sagt eine Stimme, die überraschenderweise nicht Junia gehört, und eine Sekunde später spaziert Cobi ins Zimmer.

Mein Herz macht einen Satz. Weil ich mich freue und weil Cobi einfach total hammersüß aussieht und es obendrein noch irgendwie schafft, von Mal zu Mal schöner zu werden.

Leider kriege ich es nicht hin, meine Freude auch zu zeigen.

»Was machst du denn hier?«, frage ich perplex, mache einen Schritt rückwärts und lasse das Handy unauffällig auf den Schreibtisch gleiten.

»Dich überraschen«, meint er grinsend und schließt die Tür hinter sich. »Ich komme doch nicht etwa ungelegen?«

»Nein«, sage ich. »Ähm …«

Stirnrunzelnd tappt er auf mich zu. »Ähm … doch?«

»Nein. Nein«, beeile ich mich zu antworten. »Es ist nur … Ich bin ja gerade erst aufgestanden und …«

»Ist es, weil du noch im Pyjama bist?«, fragt er zögernd.

Oh Gott, vor lauter Handy und Junia habe ich diesen Umstand ja völlig aus den Augen verloren. Ebenso wie meine zerzausten Haare, den Schlafgeruch und den etwas klebrigen Geschmack im Mund.

»Er gefällt mir ausgesprochen gut«, sagt Cobi, ehe ich ihm antworten kann.

»Ja … trotzdem …«, druckse ich.

»Was?« Cobi deutet zur Tür. »Soll ich wieder gehen? Oder draußen warten, bis du dich angezogen hast?«

Keine schlechte Idee, finde ich. Andererseits will ich

auch nicht unhöflich sein und ihn einfach für eine Viertelstunde auf dem Flur abstellen. So lange brauche ich nämlich mindestens, bis ich alltags-, geschweige denn kusstauglich bin. Zum Glück habe ich die rettende Idee.

»Ich gehe rasch ins Bad und du wartest hier.«

Gesagt, getan! – In aller Eile raffe ich ein paar Klamotten zusammen und schlüpfe aus dem Zimmer, aber dummerweise scheitert meine Mission bereits zehn Sekunden später, und zwar an der verschlossenen Badezimmertür.

»Mama!«, stöhne ich, lasse mich mit dem Rücken gegen die Wand fallen und anschließend an ihr zu Boden gleiten. »Es ist fast halb zwölf!«

»Ich weiß«, kommt es aus dem Badezimmer zurück. »Warum?«

»Du hast noch nie so lange geschlafen.«

»Das stimmt nicht«, erwidert sie. »Ich war auch mal jung.«

»Jaaa, früher!«

Mittlerweile ist sie erwachsen und hat meiner Meinung nach auch an einem Sonntag spätestens um elf Uhr vormittags fix und fertig geduscht und gepudert zu sein. Schließlich sind Eltern dazu verpflichtet, ihren Kindern gewisse Werte, wie zum Beispiel Disziplin und Zuverlässigkeit, vorzuleben und ihnen damit Struktur und Sicherheit zu geben. Etwas in der Art habe ich jedenfalls mal in einer von Mamas Illustrierten gelesen.

Sie selbst muss das allerdings entweder übersehen, vergessen oder spätestens heute früh über den Jordan geschmissen haben, denn als sich die Badezimmertür endlich öffnet, hat das, was ich erblicke, nicht einmal ansatzweise etwas mit mütterlicher Verpflichtung zu tun.

Mama duftet nicht nur verführerisch wie eine exotische Blume, sie sieht auch so aus. Und wenn ich mir nicht hundertprozentig sicher wäre, dass diese Frau mit lässigverruchter Hochsteckfrisur, schwarzem Eyeliner und schimmerndem Lipgloss im hautengen roten Kleid nur meine Mutter sein kann, hätte ich sie glatt nicht wiedererkannt.

»Mama!«, rufe ich und bin mit einem Satz auf den Füßen. »Was ist denn mit dir los?«

»Wieso?«, fragt sie lächelnd. »Gefällt es dir etwa nicht?«

»Nein«, sage ich rundheraus.

»Tja.« Meine Mutter legt die Hände in ihre Taille und schiebt ihre Hüfte mit einem eleganten Schwung nach vorn. »Muss es ja auch nicht.«

Und dann spaziert sie einfach an mir vorbei auf die Treppe zu.

»Aber Mama …«, sage ich. »Was hast du denn vor?«

»Brunchen.«

»Hä?«

Bevor sie den Fuß auf die erste Treppenstufe hinuntersetzt, dreht sie sich noch mal zu mir um.

»Hast du kein Englisch auf der Hegelschule?«

»Äh … doch.« Himmel noch mal! »Logisch weiß ich, was *brunchen* heißt. Aber darum geht es hier doch überhaupt nicht!«

Mama zieht die Augenbrauen hoch. »Sondern?«

»Das weißt du ganz genau«, sprudelt es nun, nachdem ich meine Sprachhemmung überwunden habe, aus mir hervor.

»Du kriegst mitten in der Nacht Besuch, und anstatt auszuschlafen und in aller Ruhe mit mir zu frühstücken, brezelst du dich auf, als ob du zum Opernball gehen willst, und …«

»Miriam, ich glaube, du warst noch nie auf einem Opernball«, unterbricht sie mich lachend.

Natürlich nicht! Was soll ich auch da?

»Dann wüsstest du nämlich, dass ich dort in diesem Kleid ganz sicher nicht auflaufen würde.«

»Okay und wieso hast du es dann überhaupt angezogen?«

»Weil ich es mir gestern extra für diesen Anlass gekauft habe.«

»Okay … und sagst du mir auch, mit wem …«

»Sie heißt Stefanie Klugmann«, nimmt meine Mutter mir den Wind aus den Segeln. »Sie ist Innenarchitektin und möchte mit Sabine und mir zusammenarbeiten.«

Ach so!

»Dann geht Sabine also auch mit!«

»Nein«, entgegnet Mama. »Für diesen Kundenauftrag bin ich ganz allein zuständig, so wie für einige andere zuvor auch schon. Sabine kümmert sich um den Laden und macht den Einkauf«, erklärt sie mir. »Das liegt ihr nämlich mehr.«

Aha. Ich verstehe zwar nur Bahnhof, aber ich weiß jetzt schon, dass mir diese Art der Arbeitsteilung nicht gefällt.

»Und mit wem soll ich heute frühstücken?«, frage ich.

»Wie wär's mit Cobi?«, gibt meine Mutter augenzwinkernd zurück. »Im Gefrierfach findet ihr Brötchen zum Aufbacken. Die sind in einer Viertelstunde fertig.«

Na super, denke ich noch, dann ist Mama bereits – in offensichtlich ebenfalls nigelnagelneuen schwarzen Pumps – die Treppe hinuntergestöckelt.

Selten hatte ich es so eilig, mit der Morgentoilette fertig zu werden, denn selten hatte ich so viel zu erzählen. Innerhalb weniger Minuten bin ich geduscht, gekämmt und angezogen. Am meisten Zeit nehme ich mir fürs Zähneputzen – und dann küsst Cobi mich nicht einmal.

»Wir müssen heute alleine frühstücken«, sage ich, obwohl diese Information völlig unwichtig ist und er wahrscheinlich sowieso schon etwas gegessen hat. Ich sage es eigentlich nur, um meine Enttäuschung über seine Zurückhaltung zu verbergen und weil mir so schnell nichts Intelligenteres einfällt.

Cobi zuckt mit den Schultern. »Ist doch prima«, meint er, ohne dass es sich *prima* anhört.

»Was ist denn los?«, frage ich.

»Erzähl ich dir gleich«, erwidert er ausweichend. »Sobald du etwas im Magen hast.«

Augenblicklich gehen bei mir sämtliche Alarmglocken an. *Sobald du etwas im Magen hast* klingt genauso wie *sobald du dich hingesetzt hast,* damit man nicht mehr umfallen kann, wenn man einen Schock erleidet, oder *jetzt schlaf erst mal.*

»Du bist genauso wie meine Mutter«, brumme ich, mache auf dem Absatz kehrt und zockele in unsere kleine gemütliche Küche hinüber.

»Ist klar.«

Ich höre Cobi lachen und dann seine Schritte, die mir langsam folgen.

»Wie meinst du das überhaupt?«, fragt er, nachdem er mir eine Weile beim Brötchen-in-den-Backofen-Legen und Tischdecken zugeschaut hat.

»Du bist genauso geheimniskrämerisch wie sie«, knurre ich und stelle das Marmeladenglas geräuschvoll auf den ovalen Holztisch.

Cobi runzelt die Stirn. »Ach ja. Ist sie das?«

»Allerdings«, fauche ich. »Sie kriegt mitten in der Nacht Besuch und will mir nicht sagen, wer es war ...«

»Hast du denn eine Vermutung?«, fragt Cobi und nimmt mir die beiden Gläser ab, die ich gerade aus dem Hängeschrank geholt habe. Wahrscheinlich hat er Angst, dass sie zu Bruch gehen, wenn ich sie auf den Tisch knalle.

»*Allerdings!*«, fauche ich noch ein bisschen fauchiger.

Ihre neue Kundin, diese ominöse Innenarchitektin, wird es wohl kaum gewesen sein.

»Na ja«, meint Cobi nur. »Warum auch nicht?«

»Was ist denn das für eine Frage?«, blaffe ich ihn an.

»Deine Mutter ist noch nicht besonders alt, oder? Und sie sieht ganz gut aus, glaube ich«, tastet er sich voran. »Außerdem hat dein Vater ja auch eine neue Freundin.«

»Das ist doch etwas vollkommen anderes!«

Wütend zerre ich das Brotmesser aus dem Block, schnappe mir die dicken Küchenhandschuhe und fische die mittlerweile dunkelbraunen Brötchen aus dem Backofen.

»Kapier ich nicht«, erwidert Cobi. »Er hat doch damit angefangen.«

»Eben!«

»Wäre es dir etwa lieber gewesen, wenn sie zuerst einen Freund gehabt hätte?«

Unfasslich, dass Jungs so schwer von Begriff sein können!

»Hätte sie ja nicht«, kläre ich ihn also auf.

Cobi schüttelt verständnislos den Kopf.

»Was macht dich da so sicher?«

»Das ist doch ganz einfach!«, fahre ich ihn an. »Sie ist eine Frau.«

»Ach?«, staunt er. »Und denen passiert so etwas nicht?«

Ich schnaufe nur einmal kurz aus und spare mir eine ausführliche Antwort.

Natürlich halte ich es nicht für ganz und gar ausgeschlossen, dass sich auch eine verheiratete Frau in einen anderen Mann verguckt. Aber das muss ja nicht gleich bedeuten, dass sie etwas mit ihm anfängt oder sich sogar trennt und ihren Mann und ihre Kinder verlässt.

Mein Vater hat das getan. Von jetzt auf gleich ist ihm eine andere Frau wichtiger gewesen als Mama und ich – und unser Haus im Knippgartenweg.

Inzwischen wohnt er viel bescheidener, in einer winzigen Wohnung, in der es nicht viel mehr als die Möbel gibt, die man unbedingt braucht. Und … natürlich, seine Freundin. Die scheint jedoch so wichtig zu sein, dass nicht einmal mehr Platz für mich wäre. Okay, zum Besuchen schon, aber nicht zum Wohnen. Nicht, dass ich das wollte – oh nein, ganz bestimmt nicht. Aber das ist auch nicht entscheidend.

»Miriam«, reißt Cobi mich aus meinen Gedanken. »Willst du mir nicht endlich sagen, was mit dir los ist? Bloß wegen dieses Besuchs kannst du doch nicht so von der Rolle sein.«

»So, kann ich nicht?«, fahre ich aus der Haut, packe das Brotmesser und wirbele herum.

Entsetzt weicht Cobi zurück. »Aber Miri, ich kann doch nichts dafür!«

»Nee«, sage ich und fange an zu heulen.

Es ist ein Segen, dass es Menschen wie Cobi gibt, die sich einfach nicht aus der Fassung bringen lassen und immer das Richtige tun.

Vorsichtig nimmt er mir das Messer ab und legt es auf die Anrichte zurück. Dann schlingt er seine Arme um mich und hält mich fest.

Und ich stehe einfach da, fühle seine so wunderbar spezielle Cobi-Wärme und flenne in sein T-Shirt.

Eine gefühlte Ewigkeit sagt keiner von uns ein Wort. Nur mein gelegentliches Aufschluchzen durchbricht die Stille dieses wunderschönen sonnigen Sonntagmorgens, an dem die Welt eigentlich total in Ordnung sein müsste.

»Ich möchte nicht, dass sich etwas ändert«, schlickse ich. »Nicht jetzt und nicht schon wieder.«

»Aber das Leben besteht doch daraus, dass sich ständig etwas ändert«, erwidert Cobi. »Es wäre viel langweiliger, wenn immer alles gleich bliebe.«

»Ich meine ja auch nicht alles«, sage ich. »Sondern nur wichtige Sachen.«

Denn davon hatte ich in den letzten Monaten nun wirklich mehr als genug: der Streit mit Joey. Die Trennung meiner Eltern. Der Umzug in die Schillingstraße. Mein Wechsel von meinem alten Gymmi auf die Hegelgesamtschule. Ich finde jedenfalls, das reicht erst mal.

»Ja, ich weiß«, murmelt Cobi und küsst mich aufs Ohr. »Ich weiß, Miri. Aber manche Dinge lassen sich eben nicht steuern. Außerdem geht es dir doch nicht schlecht. Du hast dich mit Joey vertragen. Dieses Haus hier mit dem großen Garten ist toll. Du hast eine Schwesterfreundin dazugewonnen, mit der du sogar in dieselbe Klasse gehst, und in eurer Clique läuft auch alles super.«

»Tut es eben nicht.« Ich mache mich von ihm los und lasse mich auf einen Stuhl sinken. »Es läuft so, wie Junia es will.«

Cobi schiebt seine Augenbrauen über der Nasenwurzel zusammen. »Junia?«, fragt er ungläubig. »Sie soll die Chefin eurer Truppe sein?«

»Mir ist schon klar, dass sich das merkwürdig anhört«, lenke ich ein. »Vor einem halben Jahr hätte ich das ja selber nie und nimmer für möglich gehalten. Ausgerechnet Junia, die für alles und jeden Verständnis hat, die immer zu vermitteln versucht und gar nicht auf die Idee käme, irgendwo dazwischenzufunken. Aber es ist so, Cobi. Es ist einfach so.«

»Okay«, sagt er. »Okay.« Kopfschüttelnd greift er nach einem Brötchen, setzt sein Messer an, scheitert jedoch bereits an der krossen Außenhaut.

»Tut mir leid«, sage ich zerknirscht. »Sie sind leider etwas dunkelbraun geworden.«

»Wohl eher hellschwarz«, meint Cobi und wirft mir ein Kussmündchen zu.

Dann beugt er sich zurück und angelt mit lang ausgestrecktem Arm und spitzen Fingern das Brotmesser von der Anrichte. Und damit schneidet er dann gleich vier Brötchen auf. Zwei für ihn und zwei für mich.

»Joey, Doreen und ich haben das Gefühl, dass Junia eifersüchtig ist«, erzähle ich, nachdem ich meine ersten beiden Brötchenhälften dick mit Nutella bestrichen habe.

»Auf wen?«

»Auf Joey und mich«, sage ich, »auf unsere Freundschaft.«

Ich atme einmal tief durch und merke, wie eine Zentnerlast von meinen Schultern fällt. Es tut so gut, dass ich endlich mal mit jemandem darüber reden kann und dass Cobi mich ernst nimmt und mir zuhört.

»Sie ist immer voll angepisst, wenn wir etwas alleine machen. Gestern zum Beispiel war sie total neidisch, weil Joey und ich uns ins eiskalte Wasser vom Baggersee gewagt haben.«

»Oh, wow! Ihr wart echt da drin?« Cobi pfeift anerkennend durch die Zähne. »Und Junia war neidisch deswegen?« Er tippt sich an die Schläfe. »Ganz schön plemplem.«

»Wieso?«, sagt Junia, die urplötzlich im Türrahmen steht. »Ich hab mir bloß Sorgen gemacht.«

Sie kommt langsam näher, sinkt auf den Stuhl mir gegenüber und schenkt Cobi ein Lächeln. »Ihr habt doch nichts dagegen, wenn ich mich einen Augenblick zu euch setze?«

Ich habe den Mund bereits geöffnet, um ihr – möglichst schonend natürlich! – zu erklären, dass mein Freund und ich lieber noch eine Weile für uns wären, aber Cobi ist nicht nur schneller, sondern leider auch höflicher.

»Im Gegenteil, wir freuen uns«, behauptet er und hält ihr sein zweites aufgeschnittenes Brötchen hin. »Möchtest du auch eins?«

»Sehr gerne, vielen Dank«, sagt Junia. Sie nimmt es, kratzt ein wenig Butter drauf und belegt es anschließend mit Käse.

»Weißt du, Miri«, knüpft sie dann beim Thema Joey und Baggersee wieder an, »ich wollte einfach verhindern, dass ihr euch hinterher gegenseitig Vorwürfe macht. Es wäre doch schrecklich, wenn Joey und du euch wieder zerstreitet.«

»Keine Angst, das tun wir schon nicht«, sage ich schroff, aber Junia scheint mein abweisender Tonfall überhaupt nicht zu kümmern.

»Und was Harper angeht«, fährt sie jetzt nämlich fort. »Da fände ich es schon besser, wenn du dich nicht mit ihm treffen würdest.«

Wie bitte … Was? Ich glaube, ich habe eine Ohrmuschel-Halluzination!

»Wie kommst du denn da drauf?«, fahre ich sie an und Cobi fragt:

»Wer ist Harper?«

»Niemand«, erwidere ich und Junia sagt: »Ach, bloß irgend so ein eingebildeter Idiot.«

Cobi zieht ein Gesicht wie zwanzig Jahre Regenwetter und zehn verlorene Fußballturniere hintereinander. »Und du willst dich mit ihm treffen?«

»Nein«, sage ich und werfe Junia einen finsteren Blick zu.

»Dann ist es ja gut«, meint sie nur und beißt in ihr Käsebrötchen.

»Woher kennst du ihn überhaupt?«, will Cobi von mir wissen.

»*Wir*«, betone ich. »Junia kennt ihn nämlich zufälligerweise auch.«

»Ts«, macht sie und zeigt mir einen Vogel. »Damit das mal klar ist: *Ich* wollte nichts mit diesem Typen zu tun haben. Aber das hast *du* offensichtlich nicht gemerkt.«

»Und ich wollte nicht unfreundlich sein«, halte ich dagegen. Natürlich könnte ich noch eine ganze Menge mehr zu diesem Thema beitragen, aber ich halte es für klüger, mich zurückzuhalten. Es reicht mir schon, dass sie Cobi mit ihrer blöden Bemerkung auf den völlig falschen Dampfer gesetzt hat. »Harper hat uns gefragt, ob er 'ne Runde Frisbee mitspielen darf«, versuche ich ihn nun wieder von dort runterzuholen. »Von Verabreden und Treffen war nie die Rede.«

»Ach ja?«, zickt Junia. »Wer wollte dich denn zu einem Eis einladen?«

»Mich?«, kreische ich und schieße von meinem Stuhl hoch. »Wieso verdrehst du denn alles? Harper hat uns beide eingeladen. Und am Ende warst ja wohl du diejenige, die plötzlich keinen Appetit mehr hatte.«

»Eben«, sagt Junia seelenruhig. »Weil ich dich vor einer Dummheit bewahren wollte.« Sie wirft Cobi einen vielsagenden Blick zu und schiebt sich den Rest ihres Brötchens in den Mund.

Ich schnappe ein paar Mal nach Luft und überlege, wie ich mich gegen diese Ungeheuerlichkeiten zur Wehr setzen soll. Aber mir fällt nichts weiter ein, als den Stuhl umzutreten, in mein Zimmer hinüberzurennen und die Tür so laut hinter mir zuzuknallen, dass die Wände erzittern und eine ganze Regalreihe voller Bücher zu Boden klatscht.

Zuerst bin ich einfach nur sauer und warte darauf, dass Cobi endlich hinterherkommt. Als er nach zehn Minuten immer noch nicht da ist, schmeiße ich mich auf mein Bett und fange an zu heulen.

Ich kriege es partout nicht in den Kopf, wie Junia so gemein sein kann. Besonders fuchst es mich, dass ich jetzt überhaupt keine Ahnung habe, was sie Cobi womöglich noch alles erzählt hat. Es ist ein Riesenfehler gewesen, einfach davonzurennen und darauf zu vertrauen, dass Cobi zu mir steht und erst einmal mit mir redet, anstatt sich weiter von Junia aufstacheln zu lassen.

»Was soll ich tun? Was soll ich bloß tun?«, jammere ich mein Kopfkissen an. »Was? Was? Was?«

Erst als aus Angelos Kiste ein leises Fiepen ertönt, fällt mir ein, dass es ihn auch noch gibt.

Ich rutsche vom Bett herunter und krabbele auf allen vieren zu ihm hinüber. Vorsichtig hebe ich mein Meerschweinchen heraus, setze es mir auf die Brust und vergrabe meine Nase in seinem goldbraunen Rosettenfell.

»Mein Süßer, kannst du mir vielleicht sagen, was ich tun soll?«

Die Antwort ist ein weiteres, sehr aufgeregtes Fiepen, von dem ich natürlich kein Wort verstehe. – Bis ich einen Blick in seine Kiste werfe. Der Trinknapf ist voller Spreu, das sich mit dem letzten Rest des darin befindlichen Wassers vollgesogen hat, in der Futterschale liegen nur noch leere Kernhülsen und eine Grundreinigung ist ohnehin längst überfällig.

Verdammt, was bin ich nur für eine blöde Kuh! Ob Joey ihren Angelo auch so vernachlässigt? Hm, garantiert nicht! Sie ist viel organisierter und pflichtbewusster als früher, was man von mir nun wahrlich nicht behaupten kann.

»Tut mir leid, Angi-Baby«, murmele ich, »aber ich werde mich jetzt sofort darum kümmern. Derweil darfst du dich ein bisschen in meinem Reich umsehen. Aber bitte nichts anknabbern, hörst du?«, ermahne ich ihn, während ich ihn sachte auf den Boden setze.

Angelo richtet schnuppernd sein Näschen in die Höhe und rennt dann laut fiepend auf seine Kiste zu. Bestimmt denkt er, dass er da drin nun endlich was zu fressen findet.

»In fünf Minuten ist alles wieder picobello«, verspreche ich ihm, rappele mich auf die Füße und sprinte zur Tür.

Meerschweinchenfutter und Holzspreu befinden sich nämlich ganz unten im Vorratsschrank in der Küche. Allein bei dem Gedanken macht mein Herz einen aufgeregten Satz. Vielleicht ist Cobi ja noch da, quatscht mit Junia und tut so, als wäre nie was gewesen.

Wie auch immer, es kann kein Fehler sein, wenn ich

mich an die Küchentür heranschleiche und mir darüber Gewissheit verschaffe, ob die beiden noch dort am Tisch hocken. Vielleicht lassen sich ja sogar ein paar Gesprächsfetzen aufschnappen.

Ich drücke also die Klinke herunter, öffne leise die Tür und luge um die Ecke. Es ist weder jemand zu sehen noch etwas zu hören. Langsam trete ich auf den Flur hinaus, doch noch ehe ich die Tür wieder schließen kann, taucht Sabine am Treppenabsatz auf.

Als sie mich bemerkt, beschleunigt sie ihren Schritt und kommt mit langen Schritten auf mich zu.

»Miriam«, sagt sie und macht ein ernstes Gesicht, »ich muss mit dir reden.«

Mit einem Schlag sind alle meine Hoffnungen auf ein schnelles Happy End dahin. Denn natürlich kann ich mir denken, worüber sie mit mir reden will.

»Eigentlich müsste Junia es selber tun«, fährt sie leise seufzend fort. »Sie befürchtet allerdings, dass du ihr nicht glaubst.«

»Aha ...?«, sage ich abwartend.

»Na ja, und jetzt hat sie sich in ihrem Zimmer eingeschlossen und weint«, erzählt Sabine weiter. »Sie will niemanden sehen.«

»U-und wo ist Cobi hin?«, frage ich stockend, denn das interessiert mich viel mehr.

»Nach Hause, nehme ich an«, erwidert Sabine. »Aber mach dir bitte keine Sorgen, Junia wird das in Ordnung bringen. Das hat sie mir versprochen.«

»Okay«, sage ich und schlucke.

Mein Hals ist schrecklich eng und meine Augen brennen wie Feuer. Tapfer kämpfe ich gegen die aufsteigenden Tränen an. Ich will nicht schon wieder heulen. Erst recht nicht vor Sabine.

»Junia ist klar, dass sie sich nicht in deine Angelegenheiten zu mischen hat«, erklärt die mir nun. »Sie hat mir versichert, dass sie es nur gut gemeint hat, aber sie weiß natürlich, dass es ein Fehler war.«

»Was hat sie dir denn überhaupt erzählt?«, krächze ich.

»Nun ja, dass du gestern am Baggersee diesen Jungen kennengelernt hast.«

Sabine seufzt und stöhnt und windet sich. Es ist offensichtlich, wie unangenehm es ihr ist, diese Sache zur Sprache zu bringen, doch Mitleid will bei mir nicht aufkommen. Ich muss einfach wissen, welchen Bären Junia ihrer Mutter aufgebunden hat.

»Sie hat wohl gleich gemerkt, dass er dir ziemlich imponiert hat. Nur deshalb hat sie sich … und das sind ihre eigenen Worte«, betont Sabine, »so *zickig* aufgeführt.«

Hört! Hört! Klingt da etwa so was wie Selbstkritik durch?

Ich atme tief durch und sehe Sabine herausfordernd an. Jetzt fehlt nur noch die Begründung, und auf die bin ich wirklich gespannt.

»Du weißt, wie sehr Junia Cobi mag.« Sabine versucht ein Lächeln, aber es gleitet ihr aus dem Gesicht. »Sie kennt ihn schließlich auch schon eine ganze Weile und die beiden haben sich immer gut verstanden. Junia liegt wirklich sehr viel daran, dass ihr zwei zusammenbleibt.«

»Wer jetzt?«, frage ich konsterniert. »Sie und ich … Wegen Cobi?« Mir rutscht das Herz in die Hose. »Sie ist doch nicht etwa plötzlich in ihn verliebt?«, stoße ich hervor.

»Um Himmel willen, nein!«, ruft Sabine und nun lacht sie tatsächlich. »Sie weiß doch, wie viel Cobi an dir liegt und dir an ihm. Zumindest hofft sie das. Sie möchte nämlich nicht, dass Cobi unglücklich ist.«

»Ach so!«

Im ersten Moment glaube ich zu verstehen, aber nur einen Sekundenbruchteil später tritt in meinem Oberstübchen die totale Verdunkelung ein.

»Und warum hat sie dann Cobi gegenüber Harper überhaupt erwähnt?«, rege ich mich auf. Nur mit Mühe und Not verkneife ich es mir zu erwähnen, dass Junia darüber hinaus sogar schamlos gelogen hat. »Sie hätte sich ja wohl denken können, dass er die falschen Schlüsse zieht.«

»Tja«, macht Sabine und hebt die Schultern, »und damit wären wir beim Casus knacksus angelangt. Junia hat nämlich offenbar nicht gründlich genug nachgedacht. Mir jedenfalls hat sie gesagt, sie habe gehofft, dass Cobi dich schon … und das sind wieder ihre Worte … in die Spur zurückbringt.«

»Eine ziemlich merkwürdige Strategie«, brumme ich.

Davon abgesehen, dass ich ohnehin nie aus der Spur war. Und so wahnsinnig imponiert hat mir Harper nun wahrlich nicht. Es ist mir ein absolutes Rätsel, was Junia da gesehen haben will.

»Ganz deiner Meinung«, erwidert Sabine. »Und das habe ich ihr auch gesagt.« Sie schüttelt den Kopf. »Ich komme mir ziemlich blöd vor, dass ich hier zwischen euch vermitteln soll. Aber Junia ist wirklich untröstlich. Ich glaube, das Beste wäre, wenn du sofort zu ihr gehst und ihr zwei noch mal in Ruhe über alles sprecht. Ihr habt euch doch immer toll verstanden. Da wäre es ja wohl gelacht, wenn ihr diese *kleine* Krise nicht meistert.«

Ich bin ganz und gar nicht der Ansicht, dass es sich nur um eine kleine Krise handelt, aber gerade weil es so ist, beherzige ich Sabines Rat und mache mich umgehend auf den Weg. Mit energischen Schritten laufe ich die Treppe hinunter und durch die breite Eingangsdiele bis zu Junias orangefarben lackierter Zimmertür – vor der mich prompt der Mut verlässt.

Vielleicht sollte ich doch besser erst mal mit Cobi reden. Schließlich geht es um ihn und mich und darum, ob er mir glaubt und vertraut. Täte er das nämlich nicht, wäre unsere Freundschaft nicht gerade besonders viel wert.

Dieser Gedanke ist so schrecklich, dass ich am liebsten auf der Stelle kehrtmachen und mich wieder in mein Zimmer verkriechen würde.

Doch dann überlege ich es mir anders. Zuerst muss meine Wut auf Junia raus. Mag ja sein, dass sie es nur gut gemeint hat, trotzdem finde ich es ganz schön dreist von ihr, sich auf eine solche Art und Weise in meine privaten Dinge einzumischen. Ehrlich gesagt, möchte ich auch gar nicht, dass sie die Sache wieder in Ordnung bringt, denn womöglich richtet sie damit nur noch mehr Schaden an.

Entschlossen hebe ich die Hand und klopfe laut und nachdrücklich gegen die Tür.

»Ich bin's … Miriam!«, rufe ich. »Mach auf!«

Zuerst rührt sich gar nichts, dann vernehme ich ein leises Tapsen auf dem Holzboden und anschließend das Geräusch des Schlüssels, der langsam im Schloss herumgedreht wird.

Ich fackele nicht lange, drücke die Klinke runter und stoße die Tür auf.

Junia flüchtet sich mit schnellen huschenden Schritten vor mir her bis zu ihrem Bett, auf dem sie sich unter ihrer Patchworkdecke verkriecht.

Ich schließe die Tür hinter mir und steuere auf einen der beiden Hängesessel zu.

»Setz dich ruhig rein«, sagt Junia.

Ihr Gesicht ist ganz rot und verquollen und ihre braunen Augen glänzen wie Glaskugeln. Sie sieht aus wie ein Häufchen Elend, und wenn ich nicht so sauer auf sie wäre, könnte ich glatt Mitleid mit ihr bekommen.

»Nee, lieber nicht«, sage ich und schiebe meinen Hintern auf die Kante ihres Schreibtischstuhls.

Das sanfte Schwingen der Hängesessel hat eine viel zu einlullende Wirkung. Es würde mich nur beruhigen, und das kann ich im Moment überhaupt nicht gebrauchen.

»Wie kommst du darauf, dass ich Harper gut finden könnte?«, blaffe ich Junia an.

Sie guckt ganz verschreckt, zieht sich die Decke bis zur

Nasenspitze hoch und zuckt schließlich mit den Schultern. »Ich weiß auch nicht«, stammelt sie. »So, wie du dich aufgeführt hast eben.«

Wie bitte?!

»Wie hab ich mich denn *aufgeführt?*«

»Na ja, nicht normal halt … Nicht wie sonst, sondern irgendwie total aufgedreht. Keine Ahnung, Miri, wie ich das erklären soll. Vielleicht habe ich dafür besonders feine Antennen. Solche Dinge laufen ja meistens über das Gefühl.«

»Tja«, sage ich, springe vom Stuhl hoch und stiefele hektisch auf dem Sisalteppich hin und her. »Dann hat deine Antenne gestern wohl eine Störung gehabt.«

Junia senkt den Kopf und schweigt.

Ich mache noch zwei unruhige Schritte, dann bleibe ich stehen und starre sie an. Und je länger ich sie anstarre, desto zorniger werde ich.

»Ich möchte nicht, dass du noch ein einziges Mal mit Cobi darüber redest, kapiert?«, fahre ich sie an.

»Aber ich bin auch mit ihm befreundet«, erwidert Junia. Ihre Stimme zittert und ich sehe, dass sich auf ihrer Patchworkdecke kleine feuchte Flecken bilden. »Schon viel länger als du. Ich kann ihn doch nicht einfach in sein Unglück rennen lassen.«

»Also, ich sehe hier nur eine, die gerade ins Unglück rennt, und das bin ich«, schnaube ich. »Und zwar bloß, weil *du* Cobi einen solchen Mist erzählt hast. Hättest du das nicht getan, wäre meine Welt jetzt nämlich noch ziemlich in Ordnung.«

Zumindest was Cobi betrifft, füge ich stumm hinzu.

Dass Junias Verhalten schon seit Längerem ein Problem für mich ist und meine Mutter seit Neuestem Geheimnisse vor mir hat, machen das Ganze natürlich nicht einfacher. Aber darüber will ich mir im Augenblick nicht auch noch den Kopf zerbrechen, sonst drehe ich womöglich noch vollends durch.

Wieder bekomme ich keine Antwort von Junia, die wie ein geprügelter Hund auf ihrem Bett hockt und so tut, als ob ich die Böse wäre und gerade säckeweise Ungerechtigkeit über ihr ausschütte.

»Ich glaube, du hast Harper schon viel eher bemerkt«, presst sie plötzlich hervor, »und dass du diese Show mit Joey im See nur abgezogen hast, um ihm zu imponieren.«

Ich fasse es nicht! Was in Junias Gehirn vorgeht, soll mal einer verstehen. Ich jedenfalls kann das nicht. Alles, was sie sagt, ist dermaßen an den Haaren herbeigezogen, genauso gut könnte sie auch behaupten, dass ich die Tochter des amerikanischen Präsidenten wäre oder anstelle meiner echten zwei Holzbeine besäße.

»Weißt du was?«, schnaufe ich. »Du hast sie ja nicht mehr alle!«

Mehr habe ich dazu nicht zu sagen. Im Moment weiß ich nicht einmal, ob ich überhaupt jemals wieder mit Junia über irgendetwas reden will.

Ich rase so schnell die Treppe hinauf, als wäre ein dicker Hornissenschwarm hinter mir her, und bleibe wie angewurzelt vor meiner sperrangelweit offen stehenden Zimmertür stehen. – Angelo! Heilige Tomatengrütze, wie konnte ich bloß so gedankenlos sein und ihn frei laufend zurücklassen!

»Angelo!«, rufe ich und renne von einer Ecke in die nächste. »Angelooo!«

Vor seiner Kiste sitzt er natürlich nicht mehr und ein Fiepen ist auch nicht zu hören.

Bitte sei noch hier im Zimmer, bete ich, während ich über den Boden krabbele und unter meinem Bett, dem Kleiderschrank und meinem Schreibtisch nachsehe. Ich klaube sämtliche herumliegende Sachen auf, durchwühle einen Stapel Schmutzwäsche und sehe sogar im Papierkorb, zwischen den Blättern der Yucca-Palme und im Regal nach. Doch mein geliebtes Rosettenmeerschweinchen ist und bleibt wie vom Erdboden verschluckt.

Wieder schießen mir die Tränen in die Augen und ich stelle mir sofort alles Mögliche vor: Dass Angelo unter meine Bettdecke gekrochen, sich im Überzug verwurschtelt hat und erstickt ist, dass er von einem herunterfallenden Buch erschlagen wurde oder – und das wäre die allergrausigste Variante – dass er durchs Fenster gekrochen und vom Balkon in den Garten hinuntergestürzt ist.

»Beruhige dich, Miri, beruhige dich«, murmele ich beschwörend vor mich hin, während ich mit fahrigen Fingern mein Bettzeug abtaste.

Und nur wenige Atemzüge später wird mir klar, dass

das meiste von dem, was ich denke beziehungsweise hier gerade tue, an himmelschreiende Idiotie grenzt.

Das Bett ist viel zu hoch, als dass ein Meerschweinchen es erklimmen könnte, das Fenster steht nicht einmal auf Kipp und die Bücher, die vorhin aus dem Regal geplumpst sind, habe ich ja gerade erst zurückgestellt.

Nach allen Regeln der Vernunft kann Angelo nicht weit weg sein und verschwunden ist er natürlich erst recht nicht, sondern so, wie ich im Grunde gleich vermutet habe, auf der Suche nach ein paar Körnern und etwas zu trinken auf Erkundungsreise gegangen. Und da es in Mamas und meiner Etage nur drei Zimmer, eine Küche und ein Bad gibt, werde ich ihn höchstwahrscheinlich innerhalb der nächsten fünf Minuten aufgespürt haben.

Als Erstes nehme ich die Küche unter die Lupe, danach das Wohnzimmer und zum Schluss das Schlafgemach meiner Mutter.

Das ungemachte und ziemlich zerwühlte Bett nehme ich nur am Rande wahr, viel zu sehr bin ich mit *»Angelo!-Angelo!«*-Rufen beschäftigt. Wie in allen anderen Räumen zuvor luge ich auch hier in jede Ecke und unter sämtliche Möbel.

Ganz zum Schluss schiebe ich den Kopf unter Mamas altmodische Spiegelkommode. Doch auch dort finde ich mein Meerschweinchen nicht, dafür aber etwas anderes, ebenso Lebendiges, nämlich eine dicke, fette mit Borsten, Warzen und Pickeln übersäte Spinne, die mit rollenden Augen wie von der Tarantel gestochen auf mich zugerannt kommt.

»Aaah!«, schreie ich, richte mich ruckartig auf und knalle mit dem Kopf an den Kommodenboden.

Über mir geraten Wattebauschgläser, Parfümflaschen und Schmuckhalter in Vibration und das eine oder andere Teil fällt klirrend zu Boden.

»Aooouuuh!«, jaule ich, halte mir den Kopf und versuche, so schnell wie möglich auf die Beine zu kommen, bevor ich diesem Untier von einer Spinne zum Opfer fallen kann, aber leider dauert es eine halbe Ewigkeit, bis ich mich rücklings unter der Kommode hervorgearbeitet habe.

»Miriam?«, höre ich da Sabine rufen. Auf dem Flur ertönen schnelle Schritte und dann tauchen auch schon ihre Füße neben mir auf. »Miriam, um Gottes willen, bleib, wo du bist!«

Über meinen Rücken rast eine Gänsehaut, danach erleide ich einen Herzstillstand, den ich nur mit knapper Not überlebe.

»Mach es weg«, hauche ich. »Bitte, mach es weg.«

In meiner Vorstellung ist die Spinne bereits kurz davor, mir ihre Kneifzähne in die Haut zu rammen. Panisch schiele ich an meinen nackten Armen hinunter. Dass ich dort nichts entdecke, beruhigt mich allerdings keineswegs, denn eigentlich kann dies nur bedeuten, dass die Spinne bereits unter mir weggerast ist und sich womöglich gerade auf dem besten Weg in mein Hosenbein befindet.

»Du rührst dich nicht von der Stelle«, mahnt Sabine.

»W-wo ist es denn?«, stoße ich hervor.

»Überall«, erwidert sie. »Aber mach dir keine Sorgen.

Ich hole jetzt rasch den Staubsauger und in wenigen Minuten kannst du gefahrlos aufstehen.«

»In wenigen Minuten?«, quietsche ich. »Kannst du sie nicht einfach tottreten?«

»Na, du bist mir ja vielleicht eine«, erwidert Sabine lachend. »Mir war noch gar nicht aufgefallen, dass du einen solch trockenen Humor hast.«

Ihre Füße entfernen sich, ihre Schritte verhallen auf dem Flur und ich sterbe einen weiteren Tod der tausend Tode.

Innerhalb von wenigen Minuten sind alle Scherben – SCHERBEN! –, an denen ich mich hätte schneiden können, beseitigt. Sabine stellt den Staubsauger aus und streckt mir – ENDLICH! – ihre Hand entgegen, die ich dankbar ergreife. Wie ein geölter Blitz bin ich aufgestanden und anschließend noch schneller aus dem Zimmer geflitzt.

»Gib einen Spritzer Allzweckreiniger ins Putzwasser!«, ruft Sabine mir nach.

»Gleiheich!«, rufe ich zurück. »Sobald ich Angelo gefunden habe.«

Ich eile an meinem Zimmer und der Küche vorbei ins Bad. Wieder durchforste ich jeden Winkel mehrmals, aber von meinem Meerschwein fehlt jede Spur.

Verzweifelt sinke ich auf den Toilettendeckel, schlage mir die Hände vors Gesicht und flenne los.

»Was ist denn mit ihm?«, höre ich Sabine fragen, und

als ich ihr nicht gleich antworte, berührt sie mich an der Schulter. »Miriam?«

»Eher ihist weheg«, schlickse ich.

»Weg?« Sabine scheint nicht gleich zu begreifen. »Wie meinst du das?«

»Veherschwuhunden.«

»Das ist unmöglich«, sagt sie.

»Dahachte ihich zuhuerst jaha ahauch.«

»Hast du ihn etwa frei in deinem Zimmer herumlaufen lassen?«

Der vorwurfsvolle Unterton in ihrer Stimme lässt aufs Neue Wut in mir hochkochen.

»Ja, verdammt!«, knurre ich, wische mir die Tränen aus den Augen und springe vom Klodeckel auf. »Mir ist schon klar, dass ich selber schuld bin.«

Ich will aus dem Badezimmer rennen, doch Sabine hält mich am Handgelenk fest und zieht mich sanft, aber bestimmt zu sich heran.

»Tut mir leid, Miriam. Ich hab's nicht so gemeint«, sagt sie leise, während sie mein Gesicht in ihre Hände nimmt und mir fest in die Augen sieht. »Normalerweise bringt mich nichts so schnell aus der Ruhe, das weißt du sicher … aber zwei verzweifelte Mädchen an einem Vormittag …« Sie schüttelt kaum merklich den Kopf. »Hast du dich wenigstens mit Junia aussprechen können?«

»Nein … also …«, druckse ich. »Das mit uns … also, das ist nicht so einfach«, bringe ich schließlich mühsam heraus.

»Das dachte ich mir schon.« Sabine seufzt leise. »Ich

nehme an, du hast keine große Lust, mit mir darüber zu reden…?«

Ich nicke zögernd.

Äußerungen dieser Art von Erwachsenen sind immer mit Vorsicht zu genießen. Meistens erwarten sie etwas anderes von einem, als es auf den ersten Blick scheint.

Doch Sabine reagiert zum Glück ganz entspannt.

»Gut«, sagt sie und stupst mich sachte gegen das Kinn. »Dann suchen wir jetzt erst mal deinen Angelo. Vielleicht hat er seinen Rundgang ja inzwischen beendet und ist längst wieder in deinem Zimmer angelangt.«

Noch einmal durchkämmen Sabine und ich sämtliche Räume, sogar die im Erdgeschoss, obwohl wir uns einig sind, dass ein Meerschweinchen wohl kaum die Treppe hinuntergelaufen sein kann. – Ohne Erfolg. Es ist tatsächlich so, als ob Angelo sich in Luft aufgelöst hätte.

Sabine kriegt sich gar nicht mehr ein vor Bedauern und findet eine Reihe tröstender Worte für mich. »Irgendwo muss er ja sein. – Bestimmt hockt er an einer total dusseligen Stelle, die wir die ganze Zeit übersehen haben. – Ich wette, heute Abend, spätestens aber morgen früh ist er wieder da.« Und so weiter und so fort.

Ich bemühe mich nach Kräften, mich davon beruhigen und aufrichten zu lassen, es will mir allerdings nicht so recht gelingen. Die Befürchtung, dass Angelo etwas Schreckliches zugestoßen sein könnte, hat sich bereits zu sehr in meinem Kopf festgesetzt.

Trotzdem stelle ich im ganzen Haus alle paar Meter Schälchen mit Futterkörnern und Wasser auf. Das allerschlimmste überhaupt Vorstellbare wäre für mich nämlich, wenn ich morgen nach dem Aufstehen einen toten, ausgetrockneten Angelo mit abgewetzten Krallen vor meiner Zimmertür vorfinden würde.

Sabine beseitigt derweil netterweise in Mamas Zimmer die Reste des Parfümschadens. Meine Warnung wegen der Monsterspinne schlägt sie allerdings lächelnd in den Wind.

»Mag sein, dass die Viecher beißen können«, meint sie, »giftig sind sie aber ganz sicher nicht.«

Den Umstand, dass meine Panikattacke Mamas aktuellen Lieblingsduft von Dior das Leben gekostet hat, findet sie offenbar sehr viel beachtenswerter.

»Das Zeug ist verdammt teuer«, seufzt sie. »Deine Mutter hat lange überlegt, ob sie sich dieses Parfüm überhaupt leisten soll. Mehr als zwei- oder dreimal kann sie es noch gar nicht benutzt haben.«

Auf jeden Fall heute Morgen für ihr Date mit dieser mysteriösen Innenarchitektin, denke ich. Vielleicht lohnt es sich, wenn ich deswegen bei Sabine ein wenig nachbohre, überlege ich weiter, verwerfe diese Idee jedoch sofort wieder. Womöglich soll ich ihr im Gegenzug dann doch noch von Junias und meinem Streit berichten, und das will ich unbedingt vermeiden.

Am liebsten würde ich gar nicht mehr an Junia denken. Zumindest für eine Weile. Die dumme Kuh hat es nämlich nicht die Bohne interessiert, dass Angelo verschwunden ist.

Dabei hat sie den ganzen Tumult und das, worüber ihre Mutter und ich geredet haben, ganz sicher nicht überhören können. Sabine hatte sogar extra noch bei ihr angeklopft, an der Klinke gerappelt und sie um Mithilfe gebeten, doch Junia hat sich einfach tot gestellt.

Inzwischen hocke ich wieder in meinem Zimmer auf dem Bett, den hochgefahrenen Laptop auf den Knien und das Smartphone in der Hand. Die Tür habe ich für alle Fälle einen Spalt von der Dicke eines Rosettenmeerschweinchens breit offen gelassen.

Joey und Doreen haben sich mittlerweile gemeldet, beide schreiben, dass sie erst noch miteinander reden müssten und mir dann Bescheid geben würden.

»Lasst euch ruhig Zeit«, murmele ich.

Das Dreier-Treffen ist natürlich jetzt, nachdem zwischen Junia und mir ohnehin Sendepause herrscht, nicht mehr so wahnsinnig akut. Trotzdem muss ich Joey und Doreen von unserem Streit erzählen. Das Malheur mit Angelo werde ich allerdings vorerst lieber nicht erwähnen.

Joey würde sich nur grämen und ihren Angelo womöglich nie mehr aus dem Käfig lassen und von Doreen würde ich mir wahrscheinlich bloß dumme Sprüche anhören müssen. Sie findet Tiere jedweder Art vollkommen überflüssig und macht zwischen einem Meerschweinchen und einer Spinne nicht den klitzekleinsten Unterschied.

Nachdem ich mein Handy einige Male aus tiefstem Herzen angeseufzt habe, ringe ich mich dazu durch, Cobis Nummer aufs Display zu holen und die Verbindungstaste zu drücken.

»Der Teilnehmer ist vorübergehend nicht erreichbar«, teilt mir die freundliche Dame vom Band mit.

Idiot! Hätte er nicht wenigstens seine Mailbox einschalten können!

Grummelnd checke ich mein Guthaben und wähle dann seine Festnetznummer. Aber auch dort meldet sich nur der Anrufbeantworter, und dem werde ich mein Anliegen auf keinen Fall auf die Nase binden. Diesen Maschinen ist nicht zu trauen. Ein Knopfdruck genügt und sie verraten jedem Hinz und Kunz die intimsten Geheimnisse ihrer Mitmenschen.

Bleibt vorläufig also nur noch der Weg über das Internet. Hoffnungsvoll aktiviere ich *Kidchat* und stelle mit klopfendem Herzen fest, dass sowohl Cobi als auch Junia online sind. Sie macht sich also nicht einmal die Mühe, es vor mir zu verbergen – was ja durchaus möglich wäre und ich an ihrer Stelle auf jeden Fall getan hätte.

Bestimmt will sie mich damit provozieren … Vielleicht will sie aber auch einfach bloß ehrlich sein … Nein, nein, nein! Ich wische diesen Gedanken beiseite wie eine lästige Fliege. Im Augenblick bin ich nicht gewillt, auch nur ein gutes Haar an Junia zu lassen. Keine Ahnung, wie es zwischen uns jemals wieder gut werden könnte. Aber auch daran mag ich jetzt nicht den Hauch eines Gedankens verschwenden.

Cobi, Cobi,

tippe ich hastig ein.

bitte, wir müssen reden. Was Junia da vorhin erzählt hat, stimmt nicht.

Es ist mir wirklich ein Rätsel, was sie da gesehen haben will. Dieser Harper interessiert mich nicht. Er hat sich uns aufge-

drängt, verstehst du, UNS beiden. Ich werde ihn nicht treffen. Niemals! Ich weiß ja nicht mal, wo er wohnt, und seine Handynummer habe ich auch nicht.
Ich hab dich so schrecklich lieb!
Bitte, Cobi, du musst mir glauben!
Miri :-***

Ich schicke die Nachricht ab und nicht einmal eine Sekunde darauf geht Cobi offline.

Verdammt. Verdammt. Verdammt! Bestimmt hat er mich gar nicht registriert, rede ich mir ein, bevor ich aufs Neue zu heulen anfange.

Da ploppt eine Nachricht von Junia rein.

Besser, du lässt ihn eine Weile in Ruhe.

Ich starre auf die Zeile, als könnte ich sie hypnotisieren und damit zum Verschwinden bringen. Doch nach einer gewissen Weile begreife auch ich, dass man die Realität nicht einfach ausblenden kann.

Sag mal, spinnst du!,

schreibe ich zurück.

Hab ich dir nicht klar und deutlich gesagt, dass du dich ab sofort da raushalten sollst?

Tut mir leid, das kann ich nicht.

»Dann … dann …«, knurre ich leise.

... bist du nicht mehr meine Freundin!!!

Das bin ich doch sowieso nicht mehr,

erwidert Junia.

Anstatt ihr zu antworten, schalte ich den Laptop aus. Ich kann mit ihr darüber jetzt nicht reden. Es geht einfach nicht. So wie Junia sich mir gegenüber verhält, landen wir ohnehin immer wieder in einer Sackgasse. Ich glaube, sie legt überhaupt keinen Wert mehr darauf, gut mit mir auszukommen.

Noch einmal versuche ich, Joey und Doreen zu erreichen. Ohne Erfolg. Weder bei Baskes noch bei Doreen daheim geht jemand ans Telefon und auch übers Handy meldet sich keine der beiden. Es ist, als wäre ich vollkommen von der Welt abgeschnitten.

Als Mama am frühen Abend von ihrem Brunch-Date nach Hause kommt, sprüht sie nur so vor guter Laune. Ihre Augen strahlen wie Wunderkerzen und ihre Lippen sind zu einem Dauerlächeln verzogen. Es verschwindet nicht einmal, als ich ihr von Angelos Verschwinden erzähle und ihr beichte, dass bei der Suche nach ihm ihr neues Dior-Parfüm zu Bruch gegangen ist.

»Ach, das ist doch nicht so schlimm, mein Schatz«, tiriliert sie. »Hauptsache, dein Angelo taucht bald wieder auf. So ein Parfüm kann man ersetzen.«

»Aber das Zeug ist doch angeblich so teuer«, erwidere ich. »Sagt zumindest Sabine.«

»Stimmt«, bestätigt meine Mutter. »Aber ich verdiene ja jetzt gut. Der Auftrag ist nun endgültig unter Dach und Fach«, setzt sie zwinkernd hinzu, »und ganz nebenbei auch noch ziemlich lukrativ.«

»Du hast ja auch lange genug daran gearbeitet«, brumme ich.

Mama lacht. »Wie meinst du das denn schon wieder?«

»Na ja von wegen brunchen und so«, sage ich. »Normalerweise …«

»… dauert so etwas nicht bis in den Abend hinein«, vollendet sie meinen Einwand. »Da hast du absolut recht, Miriam. Dieses Date war aber nicht normal.«

Das Gefühl habe ich allerdings auch.

»Die Einzelheiten meines ersten richtig großen Geschäftsabschlusses werden dich allerdings ganz bestimmt nicht interessieren«, setzt sie hinzu, ehe ich nachbohren kann, und nimmt mir damit den Wind aus den Segeln.

Geschäftsabschluss – dass ich nicht lache! Ich würde wetten, dass diese Stefanie Klugmann in Wahrheit Stefan heißt und die *Einzelheiten*, die Mama angeblich mit ihr ausgehandelt hat, eher in den sehr persönlichen Bereich gehören. Aber ich verkneife es mir, meine Vermutungen in Worte zu fassen. Mama würde sowieso alles abstreiten, dessen bin ich mir sicher.

Und deshalb werde ich meine eigenen Nachforschungen anstellen, und zwar sobald ich Klarheit über Angelos Schicksal und die Sache mit Cobi ins Reine gebracht habe.

Als ich am Montagmorgen die Augen aufschlage, fühle ich mich wie gerädert. Viel geschlafen habe ich nämlich nicht, weil ich die halbe Nacht auf Angelos Rückkehr gewartet und nebenbei ungefähr eine halbe Million Nachrichten an Joey, Doreen und Cobi verschickt habe. Mein Laptop liegt auch jetzt noch aufgeklappt neben mir unter der Bettdecke und das Handy auf der anderen Seite direkt an meinem Ohr.

Gut, dass Mama das nicht gemerkt hat, sonst würde sie jetzt wahrscheinlich befürchten, dass ich innerhalb der nächsten Wochen an einer Strahlenvergiftung eingehe. Es ist ein reines Wunder, dass sie mir den Laptop überhaupt gekauft hat. Wenn Junia nicht eins dieser ultraangesagten Tablets besäße und Sabine mit diesen Dingen nicht so locker umginge, hätte ich wahrscheinlich noch immer keins. Aber dann würde ich eben auf meinem Smartphone surfen, das Papa mir zu Weihnachten geschenkt hat und das meine Mutter für ein stinknormales Handy hält.

Gähnend quäle ich mich aus dem Bett, vergewissere mich noch rasch, ob Cobi sich inzwischen gerührt hat, und fahre frustriert den Laptop herunter, nachdem ich festgestellt habe, dass es nicht der Fall ist. Na, was soll's? Ich sehe ihn ja ohnehin gleich in der Schule. Spätestens in der ersten großen Pause wird er mir nicht mehr ausweichen können.

Immerhin ist inzwischen eine SMS von Joey auf meinem Handy eingegangen.

Sorry, dass ich mich gestern nicht mehr gemeldet habe.
Ich war mit meinen Eltern im Bergischen land
und erst sehr spät wieder daheim.
Heute nachmittag muss ich für die Bio-Arbeit lernen.
Aber morgen können wir uns treffen.
Wie wär's, wenn wir in die Stadt gehen?
Doreen hätte auch Lust.
Fragst du Junia?
Hdl Joey :-***

Hab Krach mit Junia,

schreibe ich zurück.

Deswegen will ich ja auch nur mit euch beiden reden.
Miri ****

Während ich meine Schulsachen einsortiere, behalte ich das Handy im Auge. Doch entweder hat Joey meine Nachricht nicht registriert oder sie findet keine Zeit, mir zu antworten.

Auf dem Weg ins Bad kontrolliere ich Angelos Futterschälchen, die aber leider alle unberührt aussehen. Und genauso verhält es sich auch mit denen im Erdgeschoss.

Wenn die Sache mit Junia nicht wäre, würde ich jetzt einen Verzweiflungsschrei ausstoßen und meine Mutter anflehen, mich von der Schule zu befreien, bis wir mein Meerschweinchen wiedergefunden haben, aber ich will mir vor Junia keine Blöße geben. Sie soll ruhig denken, dass ich alles – meine Emotionen inklusive – bestens im Griff habe.

Und so hole ich ein paarmal tief Luft und drücke sämtliche schlechten Gefühle entschlossen beiseite, bevor ich Sabines Küche betrete, in der wir unter der Woche fast immer zusammen frühstücken.

Junia sitzt bereits auf ihrem Platz und schaufelt munter Müsli in sich hinein. Sie trägt ein Kleid, das ich nicht kenne, weil sie normalerweise nämlich nie Kleider anzieht, und das ihr leider ausgesprochen gut steht.

Ich gucke rasch weg und tue so, als ob sie gar nicht da wäre.

»Guten Morgen, Miriam«, begrüßt Sabine mich. »Gibt es was Neues von Angelo?«

»Nein«, sage ich, fülle Milch in mein Glas und halte tapfer die Tränen zurück.

»Möchtest du einen Toast?«, fragt Mama, die im Gegensatz zu Sabine, die heute ein schickes beigefarbenes Kostüm trägt, noch im Morgenmantel ist.

»Ja, bitte«, sage ich, setze mich auf meinen Stuhl und greife nach dem Kakaopulver, das direkt neben Junias Teller steht.

»Das hätte ich dir auch rüberreichen können«, sagt sie und lächelt mich an.

»Danke, geht schon«, brumme ich, während ich drei gehäufte Teelöffel davon in meine Milch rieseln lasse.

Aus den Augenwinkeln bemerke ich, dass meine Mutter die Augenbrauen hochzieht und Sabine einen fragenden Blick zuwirft.

Doch die zuckt nur mit den Schultern, was mich wiederum erleichtert aufatmen lässt. Offenbar hat auch sie Mama nichts von unserem Streit erzählt.

Vielleicht wird meine Mutter unser Gebaren noch eine Weile stillschweigend beobachten, irgendwann aber wird sie ihre Neugier nicht mehr zurückhalten können und nachfragen – und mir damit einen Trumpf servieren. Denn Einzelheiten über meinen Knatsch mit Junia kriegt sie natürlich nur im Tausch gegen Einzelheiten über ihre aktuelle *Geschäftsbeziehung*.

»Ich fahre heute erst nach dem Mittagessen in den Laden«, eröffnet sie mir jetzt. »Das ist ein kleiner Ausgleich dafür, dass ich mir den Sonntag mit unserer Klientin um die Ohren gehauen habe. Mir bleibt also genügend Zeit, um das Haus noch einmal in aller Ruhe nach Angelo abzusuchen.«

»Das willst du wirklich tun?«, rufe ich überrascht, denn ich könnte mir vorstellen, dass sie den freien Vormittag weitaus lieber mit einem Buch und ein paar ihrer Fachzeitschriften auf dem Sofa verbringen würde.

»Aber klar doch, Süße«, erwidert sie und streicht mir flüchtig über den Arm. »Warum denn nicht? Oder glaubst du etwa, ich mache mir keine Gedanken darüber, wo dein Meerschweinchen abgeblieben sein könnte?«

Ich würge mein Müsli, so schnell es geht, herunter, verabschiede mich hastig von Mama und Sabine und sehe zu, dass ich vor Junia aus dem Haus bin.

Unterwegs scrolle ich mich noch einmal durch die Eingangsliste meines Handys und finde eine neue Nachricht von Joey.

Hab mir schon gedacht, dass das früher oder später passiert.
Lass uns nach der schule kurz drüber telefonieren.
Ich ruf dich an!
Bis nachher.
Joey ***

Ich schalte das Handy aus und schiebe es grummelnd ins Seitenfach meines Rucksacks zurück. Es will mir nicht in den Kopf, dass Joey die Sache mit Junia so auf die leichte Schulter nimmt. Okay, sie will heute noch mit mir darüber reden, obwohl sie Bio lernen muss. In der letzten Arbeit hatte sie eine Vier minus und das Referat, das sie zu Beginn des zweiten Halbjahres halten musste, hat sie ebenfalls versemmelt. Es ist also ungeheuer wichtig, dass sie diesmal optimal vorbereitet ist und morgen mindestens eine Zwei schreibt.

Bei dem Gedanken an meine alte Schule und meine früheren Lehrer, insbesondere Mr Quentin, überfällt mich eine tiefe Wehmut.

Vielleicht ist es doch nicht so wahnsinnig schlau gewesen, auf die Hegelschule zu wechseln. Joey und Doreen scheinen mir plötzlich so gut wie unerreichbar zu sein, stattdessen bin ich jetzt geradezu an Junia gekettet und muss sie nicht nur daheim, sondern auch in der Schule ertragen.

Außerdem bin ich mit Herrn Röpke, meinem neuen Klassenlehrer, nie richtig warm geworden. Während meiner Probewoche, zu der Mama mich vor einem Dreivierteljahr verdonnert hatte, habe ich ihn wegen seiner ungerechten Notengebung und seines teilweise sehr fragwürdigen Verhaltens gegenüber einem Mitschüler kritisiert und zum Schluss sogar beim Schulleiter gemeldet. Damals bin ich die Einzige gewesen, die sich das getraut hat; im Gegensatz zu allen anderen hatte ich ja auch nichts zu befürchten. Das dachte ich zumindest, schließlich hatte ich nicht wirklich vor, auf dieser Schule zu bleiben. Aber da habe ich ja auch noch nicht wissen können, dass alles ganz anders kommen und ich meine Meinung doch noch ändern würde. Allerdings habe ich mich zu dem Zeitpunkt auch noch supergut mit Junia verstanden.

Mittlerweile ist das einzig Positive daran nur noch der sehr viel kürzere Schulweg und der Umstand, dass ich Cobi jeden Tag sehe.

Oh Mann, ich darf gar nicht an ihn denken, schon fängt mein Herz wie verrückt an zu rasen. So viel Angst, ihm gegenüberzutreten, hatte ich noch nie. Und dabei habe ich überhaupt nichts Schlimmes gemacht. Wenn es so wäre, könnte ich ihm wenigstens alles erklären und ihn um Verzeihung bitten, aber nun fühlt es sich an, als müsste ich gegen einen unsichtbaren Feind kämpfen. Ich fasse es noch immer nicht, wie Junia mir das antun kann!

Je näher ich dem Schulgelände komme, desto schneller schlägt mein Herz. In meinem Bauch rumort es fürchterlich und ich verfluche mich dafür, dass ich zum Frühstück eine so große Portion Müsli verdrückt habe. Eigentlich hatte ich nämlich weder Hunger noch Appetit und jetzt droht mein Magen, alles wieder hochzuwürgen.

Ich kämpfe entschieden dagegen an und laufe mit strammen Schritten weiter, am Teich vorbei auf den Haupteingang zu.

Sollte Cobi bereits da sein und mich herannahen sehen, möchte ich auf gar keinen Fall wie ein geprügelter Hund auf ihn wirken. Ich habe nichts ausgefressen, verdammt noch mal! Das sage ich mir wieder und immer wieder.

»Er kommt heute nicht«, ertönt plötzlich Junias Stimme hinter mir.

Ich erleide einen Herzstillstand, dann fahre ich herum.

Am liebsten wäre ich natürlich einfach weitergegangen, hätte sie ignoriert und ihr die kalte Schulter gezeigt. Aber das geht leider nicht, denn offenbar hat sie Informationen, die immens wichtig für mich sein könnten.

Junia trägt dieses hübsche Kleid, das ich jetzt, da sie genau vor mir steht, kaum übersehen kann. Sonnengelb ist es, mit orangerotem und pinkfarbenem Indien-Muster, und es passt ebenso wunderbar zu ihren blonden Haaren, die sie heute mit einem perlenverzierten Lederband zu einem Seitenzopf zusammengebunden hat, wie zu den hellbraunen Sandalen, die sie in der linken Hand hält.

Ungläubig bleibt mein Blick an ihren Zehennägeln hängen, die hellviolett lackiert sind.

Im ersten Moment weiß ich echt nicht, worüber ich mich mehr aufregen soll: Darüber, dass Junia sich plötzlich so mädchenhaft aufbrezelt, oder über die Tatsache, dass sie sich ganz offenbar extra die Schuhe ausgezogen hat, um sich besser an mich heranschleichen zu können.

»Ist dir eigentlich klar, was du mir für einen Schrecken eingejagt hast!«, fahre ich sie an.

»Sorry«, meint Junia zerknirscht. »Aber barfuß bin ich einfach schneller.«

Hahaha! Ich lach mich gleich tot!

»Und was ist mit Cobi?«, blaffe ich, ohne weiter auf ihre fadenscheinige Entschuldigung einzugehen. »Wieso kommt er heute nicht?«

»Na ja, eigentlich wollte er dir das gestern selber erzählen«, erwidert sie. »Aber dazu ist es ja leider nicht mehr gekommen.«

»Allerdings«, fauche ich. »Deinetwegen!«

»Das kann man so oder so sehen«, entgegnet sie schulterzuckend.

»Da bin ich aber ganz anderer Meinung«, knurre ich.

»Du unterstellst mir irgendwelche Sachen, die ich nie getan, gedacht oder gefühlt habe, und machst damit meine Freundschaft zu Cobi kaputt. So ist das nämlich.«

»Ach ja?« Zum ersten Mal seit Beginn unseres Streits regt sich so etwas wie Trotz in ihrer Miene. »Und warum sollte ich das tun?«

»Vielleicht, weil du eifersüchtig bist?«

»Auf Cobi?« Junias Stimme überschlägt sich fast.

»Oder auf mich«, sage ich und dann sprudelt mit einem Mal alles, was mir auf der Seele brennt, aus mir hervor. »Weil ich mit ihm zusammen bin … oder … oder … weil ich überhaupt einen Freund habe und du nicht. U-und weil ich mich mit Joey und Doreen besser verstehe als du.«

»So einen Quatsch habe ich ja noch nie gehört«, presst Junia hervor.

Sie ist knallrot im Gesicht, keine Ahnung, ob vor Wut oder aus Verlegenheit, weil ich den Nagel auf den Kopf getroffen habe, und es ist mir auch egal. Ich fühle mich unendlich erleichtert, dass ich es endlich ausgesprochen habe, das ist das Einzige, was im Moment für mich zählt.

»Und jetzt sag mir bitte, wo Cobi heute ist«, fordere ich sie auf.

Junia senkt den Kopf.

»Er ist nicht nur heute nicht da«, krächzt sie so leise, dass ich es kaum verstehen kann.

»Was?«, hauche ich, während mir das Herz in einem schwindelerregenden Affenzahn senkrecht durch den Bauch bis in die Unterhose hinunterrutscht. »Aber wohl doch nicht meinetwegen?«

Junia schüttelt den Kopf. »Nee, sonst hätte er ja gestern nicht mit dir darüber reden wollen.«

Ich schlucke. Wo sie recht hat, hat sie recht. Ich weiß allerdings nicht wirklich, ob ich mich davon beruhigen lassen soll.

»Jetzt rede endlich!«, bricht es aus mir hervor. »Oder hast du ihm versprochen, mir nichts darüber zu verraten?«

Dann allerdings erschließt es sich mir nicht, warum sie mir überhaupt hinterhergerannt ist.

»Nein«, sagt Junia auch sofort.

»Also …?« Mein Herz hat wieder zu rasen angefangen und mir ist so schlecht, dass ich kaum noch ein Wort hervorbringen kann, ohne dass ich das Gefühl habe, dass auch noch etwas anderes mit herauskommt. »Will er Schluss machen?«

Junia schweigt … und schweigt … und schweigt … und mir wird immer schlechter.

Und plötzlich will ich gar nicht mehr wissen, wo Cobi ist, warum und wie lange er nicht mehr zur Schule kommt und ob er noch mit mir zusammen sein will. Was ich allerdings tatsächlich gerne tun würde, ist, Junia verkloppen. Ihr die Haare mitsamt den Wurzeln aus dem Kopf reißen, ihr Kleid zerfetzen und ihr die dusseligen Sandalen um die Ohren hauen.

Aber ich bin ja ein zivilisierter Mensch, der so etwas nur denken, aber niemals tun würde. Und deshalb beschränke ich mich darauf, mich auf dem Absatz umzudrehen, den Kopf in den Nacken zu werfen und schnurstracks auf den Eingang zuzumarschieren.

Dass ich ab sofort nicht mehr neben Junia sitzen kann, versteht sich wohl von selbst. Und deshalb muss Tobi auf seinen alten Platz zurück – ob er will oder nicht.

»Kein Problem«, sagt Tobi, als ich ihm wenige Minuten später mein Anliegen unterbreite. »Ich habe immer sehr gern neben Junia gesessen.« Er streicht sich die schwarzen Haare, die ihm mittlerweile bis fast auf die Schultern reichen, aus dem Gesicht und grinst mich aus seinen türkisgrünen Augen schelmisch an. »So wie sie neben mir. Sie will es nur nicht zugeben.«

Darauf könnte ich eine Menge erwidern, doch ich zucke nur geflissentlich die Achseln und sehe Tobi dabei zu, wie er sein Alibi-Vokabelheft und seine Stifte unter dem Tisch hervorkramt und eine Reihe weiter nach vorn schafft.

Ich glaube ja auch, dass Junia ihn mal mochte, aber das ist lange her. Genau genommen ein Dreivierteljahr. Damals hatte der Zufall es so eingerichtet, dass wir allesamt auf einer Abenteuerferienfreizeit zusammentrafen, und dort hatte der angeblich so hilfsbereite, taffe Tobi sein wahres Gesicht gezeigt. Es hatte sich nämlich herausgestellt, dass er, was Teamarbeit anging, total unzuverlässig und darüber hinaus auch noch ein gotterbärmlicher Feigling war, der sich nicht einmal um einen verletzten Kameraden kümmern wollte. Danach war er nicht nur bei Junia, sondern bei so ziemlich allen untendurch, was ihm erstaunlicherweise aber überhaupt nichts ausmacht.

Im Grunde zählt für Tobi nämlich nur eins: er selbst und sein großes Ziel, ein berühmter Schuhdesigner zu werden. Dazu wünscht er sich noch eine Freundin, die ihm bewundernd zur Seite steht, allerdings scheint er diesbezüglich nicht besonders wählerisch zu sein. Nachdem er bei Junia keinen Erfolg hatte, hat er es bei mir und gleich danach bei Joey probiert. Natürlich ohne Erfolg!

Und deshalb erstaunt es mich ein wenig, dass Tobi jetzt so freimütig seinen Platz für mich räumt, zumal er eine Zweierbank ganz für sich allein und damit jede Menge Platz für seine kreativen Ergüsse hatte. Genau da scheint jedoch der Hase im Pfeffer zu liegen.

»Außerdem kriegen wir einen neuen Mitschüler«, eröffnet er mir, nachdem er auch seinen Rucksack an seinem neuen alten Platz abgestellt hat. »Ich kenne ihn zwar noch nicht, aber ich sitze grundsätzlich nicht so wahnsinnig gern neben Jungs.«

Klar, die haben für deine Schuh-Entwürfe in der Regel auch nur ein müdes Lächeln übrig, denke und lächele ihn dankbar an.

Mir ist es im Moment ziemlich egal, wer neben mir sitzt, ich würde sogar Tobi ertragen … Hauptsache, es ist nicht Junia.

Aber dann kommt alles noch viel, viel schlimmer.

Junia taucht genau in der Sekunde in der Klassenzimmertür auf, als Tobi sich auf meinem alten Platz fertig eingerichtet hat. Ihr Blick fällt zuerst auf ihn und dann auf mich.

Ich gucke hastig zur Seite und tue so, als hätte ich sie gar nicht bemerkt, verfolge aber aus den Augenwinkeln jede Bewegung und jeden einzelnen Schritt von ihr.

Zuerst wirkt sie irritiert und scheint ein wenig unschlüssig darüber zu sein, was sie nun tun soll. Doch schließlich zieht sie so geräuschvoll Luft in ihre Nase, dass ich es bis zu meinem Tisch herüberhören kann, und dann läuft sie los, schnurstracks an Tobi vorbei auf den freien Platz neben mir zu.

Ich reagiere blitzschnell. Noch ehe sie sich setzen kann, habe ich mein Bein hochgeschwungen und auf den Stuhl gelegt.

Es ist ein scheußliches Gefühl, so gemein zu sein, und ich kann Junia dabei auch nicht ins Gesicht sehen. Unwillkürlich muss ich an Joey denken und wie es damals für mich gewesen ist, als sie sich von mir wegsetzte. Mein

Herz klopft so schnell und so heftig, dass es wehtut, und ich bete, dass Junia sich endlich von mir abwendet und sich neben Tobi niederlässt.

Aber sie tut es nicht, sondern steht da wie in den Fußboden einbetoniert. Unter ihrem Blick wird es mir heißer und immer heißer. Ich höre, wie meine Klassenkameraden zu tuscheln anfangen. Irgendwann verstummen sie und starren mit halb offenen Mündern zu uns herüber. Selbst Tobi hat zu zeichnen aufgehört und sich zu uns umgedreht.

»Was ist los, Junia?«, fragt er. »Wieso setzt du dich nicht?«

»Weil Miriam mich nicht lässt«, erwidert sie tonlos.

»Warum sollte sie?« Tobi zuckt mit den Schultern. »Ist schließlich nicht dein Platz.«

»Stell dir vor, das weiß ich«, brummt Junia. »Eigentlich ist es deiner. Aber dir gefällt es dort ja offenbar nicht mehr.«

»Nö«, sagt Tobi. »Ich sitze am liebsten neben dir.«

»Bild dir mal bloß nichts ein«, gibt Junia gepfeffert zurück. »Ich kann dich nämlich ehrlich gesagt nicht ausstehen.«

Ich zucke unter diesen Worten zusammen, als hätte sie nach mir geschlagen, doch Tobi flackert nicht mal mit den Wimpern.

»Miriam auch nicht«, entgegnet er freimütig. »Aber irgendwo muss ich ja sitzen. Am besten wäre es natürlich, ihr beendet euren Streit«, fügt er mit einem schiefen Grinsen hinzu.

»Danke für den Tipp«, knurrt Junia. »Vielleicht solltest du umsatteln und anstatt Schuhdesigner lieber Psychologe werden.«

»Oder beides«, erwidert Tobi und nickt zufrieden vor sich hin. »Ein Psychologiestudium lässt sich bestimmt gut mit einem Designatelier vereinbaren.«

»Garantiert«, sagt Junia ironisch und auch ich staune einmal mehr über Tobis Selbstbewusstsein. Es ist tatsächlich von nichts und niemandem kleinzukriegen. Beneidenswert – einerseits. Andererseits hat er sich damit nicht unbedingt Freunde gemacht. Aber vielleicht braucht Tobi die auch gar nicht.

»Klar«, meint er jetzt und blickt treuherzig zu Junia hoch. »Vormittags studieren, nachts entwerfen.«

»Und dazwischen eine Runde schlafen, oder was?«, entgegnet Junia.

»Stimmt!«, ruft Tobi. »Da war ja noch was! Keine schlechte Idee. Genau so werde ich es machen.«

»Ts.« Junia verdreht kopfschüttelnd die Augen. »Du vergisst nur eine Kleinigkeit: Für ein Psychologiestudium braucht man garantiert einen guten Abschluss. Und bei dir steht es ja noch in den Sternen, ob du das Abi überhaupt schaffst.«

Tobi kneift die Mundwinkel ein und betrachtet Junia ungeniert von oben bis unten. »Cooles Kleid«, meint er schließlich.

»Jetzt lenk mal nicht vom Thema ab!«, faucht Junia ihn an.

Inzwischen scheint ihr völlig entfallen zu sein, dass eigentlich sie und ich verkracht sind – und dass sie immer noch steht. Als Einzige übrigens.

Meine Klassenkameraden haben mittlerweile allerdings das Interesse an ihr verloren. Dass Junia und Tobi sich kabbeln, ist schließlich altbekannt. Und es geht immer um das gleiche Thema: Tobis schulische Leistungen. Dabei könnten die Junia eigentlich total egal sein. Offenbar liegt ihr also nach wie vor etwas an ihm, was sie natürlich niemals zugeben würde.

Aber das wiederum ist mir nun wirklich vollkommen gleichgültig.

»Schade eigentlich, dass du partout nicht meine Managerin werden willst«, sagt Tobi jetzt. »So hartnäckig, wie du bist. Und sauhübsch noch dazu. Ich würde dich sogar heiraten.«

Ich höre, wie Junia nach Luft schnappt, und bemerke gleichzeitig, dass Herr Röpke zur Tür hereinkommt. Im Schlepptau hat er einen Jungen, von dem ich eigentlich gedacht – und gehofft! – hatte, dass ich ihn nie wiedersehen würde: Harper!

»Guten Morgen«, sagt unser Klassenlehrer und steuert auf sein Pult zu. »Junia, würdest du dich bitte setzen!«

Oh ja, bitte!, denke ich und ziehe hastig mein Bein von meinem Nachbarstuhl herunter.

Ich weiß, dass das nicht besonders konsequent ist, doch trotz allem ist Junia mir immer noch dreitausendmal lieber als Harper. Nicht, dass er mir sooo unsympathisch wäre. Ich würde nur gerne auf die Komplikationen, die sein Erscheinen mit sich bringt, verzichten.

Doch dummerweise spielt Junia nicht mit, sondern sitzt schneller neben Tobi, als ich gucken kann.

»Ich möchte euch einen neuen Mitschüler vorstellen«, sagt Herr Röpke. Nachdem er seine Tasche neben das Pult gestellt hat, legt er jovial eine Hand auf Harpers Schulter. »Das ist Harper Stenton. Sein Vater ist in England geboren und entstammt einer Schaustellerfamilie. Sicher ist euch nicht entgangen, dass am nächsten Wochenende die große Sommerkirmes beginnt. Solange sie läuft, wird Harper Gast in unserer Schule sein.«

Ich fliege in perfektem Timing mit dem Pausengong aus dem Klassenzimmer, rase den Gang entlang, als wäre ich Jimi Rakete, lege beim Hechten übers Schulgelände einen neuen Weltrekord hin und springe hinter der Fußballwiese mit einem Satz ins Gebüsch, an dem sich die beste Stabhochspringerin aller Zeiten ein Beispiel nehmen könnte.

Neben einem Haufen bröseliger Blätter gehe ich völlig außer Atem zu Boden. Mein Herz trommelt gegen meine Rippen und ich habe das Gefühl, nie mehr richtig Luft holen zu können. Ein bisschen fühlt es sich so an, als würde ich jeden Augenblick einen Herzinfarkt bekommen. Aber das ist mir gerade völlig wurscht, wichtig ist nur, dass ich – wenigstens fürs Erste – Harper entkommen bin.

Die Doppelstunde Englisch über hat er keinen Mucks gesagt. Er hat sich nicht einmal anmerken lassen, dass wir uns kennen, wofür ich ihm sehr dankbar bin.

Zum Glück war ich geistesgegenwärtig genug und habe mein Handy noch während der Stunde aus dem Rucksack gefischt und in meiner Hosentasche verstaut. Ich warte, bis sich mein Herzschlag einigermaßen normalisiert hat und ich mir sicher bin, dass ich diesen Mörderspurt überleben werde, dann ziehe ich es hervor und schreibe mit flatterigen Fingern eine SMS an Doreen.

Stell dir vor, der Typ vom Baggersee ist in unsere Klasse gekommen.
Alarm, Miri

Welcher Typ?
Und wieso Alarm?,
kommt es prompt von Doreen zurück.

Ich schließe die Augen und versuche, mich zu erinnern, was ich bisher Joey und was Doreen mitgeteilt habe, aber über die Vielzahl der Ereignisse, die mich in den vergangenen achtundvierzig Stunden auf Trab gehalten haben, habe ich glatt den Überblick verloren.

Der typ, der mit junia und mir frisbee gespielt hat,
schreibe ich also zurück, denn damit kann ich nicht viel verkehrt machen. Und wieder verstreichen nur ein paar Sekunden, bis Doreen antwortet.

Eeeecht? Das ist ja der Hammer!
Von wegen Alarm, du Nasenbärin, Joey wird durchdrehen vor Glück!!!
Die hat doch gedacht, sie sieht ihn nie wieder!
*** (D)

Ach du lieber Himmel, wie konnte ich das nur verdrängen! Joey fand Harper ja gut! Und Doreen hatte sogar die Idee, ihn mit ihr zu verkuppeln. Was mir natürlich überhaupt nicht gefiel, inzwischen jedoch könnte genau das die Lösung für all meine Probleme sein. Jetzt bloß keinen Fehler mehr machen, ermahne ich mich, sondern erst einmal ganz in Ruhe darüber nachdenken, wie der nächste Schritt aussehen könnte.

Sag es ihr bitte noch nicht!!!
*fleh* miri

tippe ich also. Aber entgegen allen Regeln der Sonstüblich-keit ist Doreen heute mal schneller als ich.

Schon passiert,

erscheint auf dem Display.

Joey ist völlig fertig.
Sie ruft dich nachher an.

Was sie ja ohnehin tun wollte. Ich fürchte nur, dass wir nach dem aktuellen Stand der Dinge kaum noch Zeit finden werden, über mein Problem mit Junia – und mit Cobi! – zu reden. Aber vielleicht ist das auch gar nicht mehr nötig. Ich müsste nur ein bisschen Schicksal spielen …

So schnell wie ich im Gebüsch gelandet bin, bin ich auch wieder draußen.

Inzwischen sind die Fußballwiese und das übrige Pausengelände von plappernden und lachenden Schülern übersät. Keine Ahnung, wie ich in diesem Gewusel Harper finden soll.

Ich könnte mir echt in den Hintern beißen, dass ich so panikartig geflüchtet bin, anstatt selber mal ein bisschen nachzudenken. Aber nein, ich musste mir ja erst von Doreen auf die Sprünge helfen lassen. Und jetzt läuft mir die Zeit davon. Bis zur nächsten großen Pause möchte ich nur ungern warten. Ich muss jetzt mit Harper sprechen, und zwar ohne dass Junia etwas davon mitbekommt.

Mit schnellen Schritten umrunde ich das Fußballfeld, auf dem wie immer dieselben Jungen und Mädchen kicken. Auch Pablo, der kleine Wirbelwind, für den Cobi sich vor den Herbstferien so ins Zeug gelegt hat, ist dabei.

Gerade flankt er den Ball zu einem Mannschaftskameraden, der auf der rechten Seite völlig frei steht. Die Abwehrspieler des Gegners bemerken ihren Fehler. Innen- und Außenverteidiger rennen sofort zu ihm hin und damit ist Pablo ungedeckt. Sein Mannschaftskamerad schlägt einen Pass zu ihm zurück und Pablo donnert den Ball ins Netz.

Ein geradezu infernalischer Jubel bricht aus und auch ich bleibe kurz stehen, um zu applaudieren.

Es ist schon ein kleines Wunder. Vor ein paar Monaten noch wollten sie Pablo nicht mitkicken lassen und jetzt ist er der heimliche Star an unserer Schule.

Seit dem Frühjahr spielt er im selben Verein wie Cobi und ich, allerdings einen Jahrgang unter uns. Erst nach dem Sommer wird er in unser Team wechseln. Dann allerdings wird Cobi nicht mehr dazugehören. Oh Mann, ich darf gar nicht daran denken, schon wird mir wieder weh ums Herz. Fußball, Cobi und ich gehören einfach zusammen, aber leider wird dies unsere letzte gemeinsame Saison sein. Weil er ein Jahr älter ist als ich, steigt er im Herbst nämlich in die C-Jugend auf.

Ich versuche, den Gedanken daran abzuschütteln, und gehe hastig weiter. Bis zum Pausenende bleiben mir noch knapp fünf Minuten, um Harper zu finden. Im Moment habe ich schließlich weitaus wichtigere Probleme als dass ich bald nicht mehr in derselben Mannschaft spiele wie Cobi, denn ich weiß ja nicht einmal, ob wir überhaupt noch zusammen sind.

Und schon weitet sich das wehe Gefühl in meiner Brust zu einem schmerzhaften Beißen aus.

Nur nicht flennen… bloß nicht schon wieder flennen, rede ich mir gut zu. Sonst laufe ich noch Gefahr, zur Heulsuse zu verkümmern. Und das will ich um keinen Preis. Nicht, solange ich noch Hoffnung habe und der Kampf nicht verloren ist.

Doch dummerweise hat mein Schicksal gerade nichts

Besseres zu tun, als mir jeden Stein in den Weg zu legen, den es finden kann.

Als ich Harper nämlich endlich entdecke, steht er auf der kleinen Brücke, die über den Teich im Steingarten führt, umringt von mindestens zehn Mädchen aus meiner und der Parallelklasse. Sie schmachten ihn aus leuchtenden Augen an und bestürmen ihn mit Fragen. Ich habe nicht den Hauch einer Chance, an ihn heranzukommen, zumindest nicht, wenn ich mich nicht lächerlich machen will.

Mir bleibt also nichts anderes übrig, als mein Anliegen auf die nächste Pause zu verschieben und mir während der folgenden beiden Deutschstunden zu überlegen, wie ich es am geschicktesten anstelle, damit Junia nichts davon mitbekommt.

Doch leider hat besagtes Schicksal noch immer nicht alle Trumpfkarten gegen mich ausgespielt.

Als ich den Klassenraum betrete, sitzt Junia bereits auf ihrem Platz und auch Harper ist wundersamerweise schon da. Keine Ahnung, wie er das hingekriegt hat. Von der Teichbrücke zum Schulgebäude gibt es nämlich nur einen direkten Weg, und das ist der, den ich gegangen bin. Eine andere Möglichkeit wäre es gewesen, den Nebeneingang des Hauptgebäudes zu nehmen, der ist allerdings fast doppelt so lang. Harper hätte schon rennen müssen, um überhaupt vor mir hier sein zu können. Das ist er aber garantiert nicht, denn in dem Fall wäre er jetzt ziemlich außer Atem.

Doch er sitzt ganz ruhig an seinem Tisch und blättert in seinem Kollegblock. Er hat weder zerzauste Haare noch gerötete Wangen. Wenn ich es nicht besser wüsste, würde ich glatt denken, dass er die Pause über gar nicht draußen gewesen ist.

Ich bemühe mich, mir von meiner Verwunderung nichts anmerken zu lassen, und sinke nahezu geräuschlos auf meinen Stuhl.

»Hast du was mit der Verdauung?«, fragt Harper ohne aufzusehen.

»Hä?«

Mein Kopf fliegt zu ihm herum, ohne dass ich etwas dagegen tun kann, und gleichzeitig schießen mir ungefähr tausend Liter Blut ins Gesicht.

»Na ja, weil du es nach der Stunde so eilig hattest«, erwidert er und ich bin ihm unendlich dankbar, dass er mich noch immer nicht ansieht. »Es würde mich beruhigen, wenn ich wüsste, dass es nichts mit mir zu tun hatte.«

»Oh«, sage ich und starre auf mein Englischbuch, das aufgeschlagen vor mir auf dem Tisch liegt. »Ähm … nein.«

Unauffällig schiele ich zu Junia, deren Stuhl auffällig weit nach hinten geschoben ist. Keine Frage, sie belauscht uns, ich muss also höllisch aufpassen, dass mir jetzt bloß nichts Zweideutiges über die Lippen schlüpft.

»Also, die Verdauung?«, vergewissert sich Harper.

»Ähm …«, druckse ich. »So was in der Art.«

»Aha.«

Jetzt guckt er mich an und grinst und ich glotze weiter auf mein Buch.

»Haben wir in der nächsten Doppelstunde nicht Deutsch?«, fragt er nach einer unendlich zähflüssig vergehenden Ewigkeit und tippt auf seinen Kollegblock. »Steht zumindest auf dem Stundenplan, den Herr Röpke mir gegeben hat.«

»Ähm ja … äh, stimmt«, stammele ich, klappe hastig das Englischbuch zu, verstaue es in meinem Rucksack und krame die Deutschunterlagen heraus.

»Ich hoffe, es geht dir bald wieder besser«, meint Harper mit sorgenvollem Unterton. »Also, wenn ich Durchfall habe, bleibe ich lieber gleich zu Hause.«

»Ich habe keinen Durchfall«, sage ich viel zu laut.

Junia zuckt zusammen, Tobi dreht sich kurz stirnrunzelnd zu mir um, bevor er sich wieder seinen Schuhzeichnungen widmet, und ein paar meiner Klassenkameraden kichern unterdrückt.

»Wie beruhigend!«, ruft Kay herüber. »Das könnte nämlich nicht nur für dich unangenehm werden, sondern auch für uns.«

Die Jungs, die in seiner Nähe sitzen, johlen vor Begeisterung.

»Vielen Dank auch«, zische ich Harper zu.

»Tut mir leid«, wispert er und lehnt sich dabei so weit zu mir herüber, dass ich vor Schreck fast auf der anderen Seite von meinem Stuhl herunterplumpse. »Ich wollte dieses Thema eigentlich diskret behandeln.«

»Ist dir leider nicht gelungen«, presse ich hervor.

»Na ja…« Jetzt fuchtelt er mir mit seiner Hand direkt vor der Nase herum und ich weiß schon bald gar nicht mehr, wohin ich noch ausweichen soll. »Gib mir doch einfach deine Telefonnummer.«

»Was?«, bricht es aus mir hervor, halb entsetzt, halb freudig überrascht, weil das Gespräch nun plötzlich genau in die Richtung verläuft, die auch ich einschlagen wollte. Allerdings nicht hier und schon gar nicht jetzt.

Gebannt hefte ich meinen Blick auf Junias Rücken und flehe das Schicksal an, ihr wenigstens die paar Minuten bis zum Unterrichtsbeginn die Ohren mit Beton zu verstopfen. Ich fürchte jedoch, dass meine hypnotischen Fähigkeiten nicht ausreichen.

»Oder hast du ein Handy?«, fragt Harper.

»Schsch!«, mache ich.

Es ist ein Reflex, und zwar ein ausgesprochen bescheuerter. Ich bilde mir nämlich ein, dass Junias linkes Ohr, das nicht von ihrem Seitenzopf verdeckt ist, um mindestens zehn Zentimeter länger wird.

Mit fahrigen Fingern reiße ich eine Ecke von einem Blatt aus meinem Deutschheft ab, kritzele sicherheitshalber sowohl meine Handy-Nummer als auch die vom Festnetz darauf und lege das Zettelchen auf Harpers Block.

»Danke schön«, sagt er und strahlt mich an.

Einen Atemzug später schneit Frau Wiesenthal zur Tür herein und befreit mich fürs Erste aus meiner misslichen Lage.

Da bist du ja schon!«, begrüßt Mama mich, als ich ihr gegen zwanzig nach eins auf dem Flur in die Arme laufe. »Endet die sechste Stunde nicht erst um fünf nach?«

»Ja«, sage ich. »Wieso?«

»Dann bist du also gerannt?«

Ich ignoriere den lauernden Unterton in ihrer Stimme, denn natürlich hat sie recht.

Nachdem ich auch die zweite Pause im Gebüsch hinter der Fußballwiese verbracht hatte, bin ich unmittelbar nach Schulschluss aus der Klasse gestürzt und habe die ersten hundert Meter tatsächlich im Spurt zurückgelegt, bis ich mir sicher sein konnte, dass mir weder Harper noch Junia folgen.

»Nicht direkt«, antworte ich ausweichend und schwenke dann sofort auf eine andere Sache um, die mir gerade ohnehin viel mehr am Herzen liegt. »Hast du Angelo gefunden?«

Meine Mutter schüttelt bedauernd den Kopf.

»Leider nicht. Aber immerhin hat er Spuren hinterlassen.«

»Wie meinst du das?«, hauche ich.

»Kötel«, sagt Mama. »Auf der Treppe.«

»Was? … Aber?«

»Vielleicht habt ihr sie gestern übersehen«, meint Mama. »In der Hektik.«

Das halte ich ja beinahe für ausgeschlossen.

»Wann hast du sie denn entdeckt?«, frage ich.

»Vor gut zwei Stunden.«

»Aber das könnte ja eventuell bedeuten, dass er doch die ganze Zeit über hier oben war und erst im Laufe des Vormittags nach unten getapert ist«, sage ich aufgeregt. »Dabei dachte ich eigentlich, dass Meerschweinchen gar nicht Treppen steigen können.«

»Wieso denn nicht?«, erwidert meine Mutter. »Abwärts geht das auf jeden Fall. Was mich vielmehr wundert, ist, dass hier oben überhaupt nichts herumliegt.«

»Du meinst Kötel?«, vergewissere ich mich, woraufhin Mama nur mit den Schultern zuckt.

Auch mir liegt das Thema Verdauung noch immer quer im Magen, weshalb ich es nicht weiter vertiefe.

»Ich habe wirklich alles gründlich abgesucht«, beschwört meine Mutter mich. »Sogar mehrmals. Und jedes Mal habe ich die Zimmertür anschließend geschlossen, damit Angelo nicht hinter meinem Rücken hineinschlüpft und am Ende womöglich immer genau dort gewesen ist, wo ich kurz zuvor nachgeschaut habe… Ach, Miriam, Schätzchen!«, ruft sie und zieht mich in ihre Arme. »Ich kann dir gar nicht sagen, wie leid mir das tut. Es ist wirklich mysteriös.«

»Ja«, sage ich und befreie mich sanft, aber bestimmt aus ihrer Umarmung.

Sentimentalitäten kann ich im Augenblick gar nicht gebrauchen. Jetzt ist ein klarer Kopf erforderlich, der kein Detail übersieht, Zusammenhänge erkennt und daraus dann die entsprechenden Rückschlüsse zieht.

»Waren die Kötel frisch?«, frage ich, denn dies scheint mir in der Tat ein ganz entscheidender Punkt zu sein.

»Ähm … Keine Ahnung.« Meine Mutter grinst betreten. »Ich habe sie natürlich nicht angefasst.«

*Natürlich nicht!*

»… sondern mit Handfeger und Kehrblech entfernt.«

Ich verdrehe stöhnend die Augen. »Und wo sind sie jetzt?«

»Im Müll natürlich.«

*Natürlich!*

»Und in welchem Müll?«

Anstatt mir eine klare Antwort zu geben, sieht Mama mich nur verdutzt an.

»Du hast recht«, sagt sie. »Ich hätte sie in den Kompost schmeißen sollen. Oder ins Klo.«

Oder aufsaugen, füge ich im Stillen hinzu und bin sehr froh, dass sie all das offenbar nicht mal in Erwägung gezogen hat.

»In welchem Müll?«, wiederhole ich etwas eindringlicher.

»Herrgott, Miriam, du kannst vielleicht Fragen stellen. In den Restmülleimer natürlich.«

*Natürlich.*

»Drinnen oder draußen?«

»Miriam!«, ruft sie, aber ich bin bereits auf dem Weg in die Küche.

»Doch nicht hier oben, sondern unten bei Sabine!«

»Wie nett«, brumme ich, mache eine Hundertachtzig-Grad-Drehung und marschiere zur Treppe zurück.

»Aber du willst doch wohl nicht…?«

»Klar, will ich«, brumme ich. »Was hast du denn gedacht?«

Mit ein paar langen Sätzen überspringe ich jeweils zwei Treppenstufen und bin in null Komma nix in Sabines Küche. Ich nehme den Deckel des Klappeimers ab, pule ein Angelo-Kötelchen zwischen einer schimmeligen Käsescheibe und einem Klacks Bolognesesoße hervor und begutachte es ausgiebig.

*Natürlich* taucht meine Mutter genau in diesem Augenblick im Türrahmen auf.

»Miriam, das ist…«

»Ekelhaft, ich weiß«, sage ich. »Aber ich kann mir ja gleich die Finger waschen. Der Kötel ist übrigens knochentrocken«, füge ich frustriert hinzu. »Fast schon ein bisschen bröselig.«

Mama schüttelt angewidert den Kopf.

»Und was bringt dir das jetzt?«, will sie wissen.

»Das sagt mir, dass Angelo ihn gestern bereits ausgesch…«, setze ich zu einer Erklärung an.

»Miriam!«

»Ähm, auf der Treppe abgelegt hat«, korrigiere ich mich hastig. »Und das wiederum bedeutet leider, dass er aller

Wahrscheinlichkeit nach doch gestern schon hier unten herumgelaufen und …« – ich darf gar nicht darüber nachdenken! –»in den Garten hinausgeschlüpft ist.«

»Oje«, höre ich meine Mutter noch sagen, da bin ich bereits auf dem Weg zur Terrassentür, die bei diesem herrlichen Wetter natürlich auch jetzt sperrangelweit offen steht.

Unser Garten ist riesig, saftig grüner Rasen, so weit das Meerschweinchenauge reicht, durchsetzt von Gänseblümchen, Löwenzahn und durchaus schmackhaft aussehendem Unkraut. Mit diesem Angebot müsste Angelo eigentlich zufrieden sein und somit dürfte sich auch sein Ehrgeiz, die Welt hinter dem Zaun zu erkunden, in Grenzen halten.

Hoffnungsvoll husche ich auf die Terrasse hinaus, werfe sicherheitshalber noch einen Blick zwischen die Blumenkübel und beginne dann mit der systematischen Durchforstung von Büschen, Stauden und Rabatten.

»Bitte glaube mir, ich habe die Verandatür erst geöffnet, als ich mir sicher sein konnte, dass Angelo nicht im Wohnzimmer ist!«, ruft Mama zu mir herüber.

»Ist ja nicht deine Schuld!«, rufe ich zurück, obwohl es tatsächlich nicht unbedingt die schlaueste Aktion von ihr war. »Wahrscheinlich ist er gestern schon abgehauen und die ganze Nacht hier draußen gewesen.«

»Ich hoffe, du findest ihn!«

Frag mich mal!

»Äh … Miriam?«

»Jahaaa?«

Ein wenig angenervt wende ich mich der Terrasse zu. Diese Brüllerei vom Haus zum Garten und wieder zurück, sodass die Nachbarn auch etwas davon haben, finde ich alles andere als prickelnd. Ich frage mich, warum meine Mutter nicht einfach zu mir herauskommt, doch nun sehe ich, dass sie bereits Blazer und Hackenschuhe angezogen hat.

»Ich muss jetzt los!«, ruft sie. »Wenn du Hunger bekommst … Ich habe ein frisches Baguette gekauft und Nudelsalat steht im Kühlschrank!«

»Alles klar!« Ich nicke dem alten Herrn Wollmick, der gerade nebenan in seinem Garten die Rosen beschneidet, freundlich zu und murmele: »Sie sind herzlich eingeladen.«

»Bis heute Abend, mein Schatz!«, brüllt Mama.

»Jahaaa!«

»Tschüüüüss!«

»Ja, tschüss«, sage ich leise und winke ihr zu.

Sie winkt zurück und verschwindet im Haus. Kurz darauf sehe ich sie mit eiligen Schritten den Bürgersteig entlang in Richtung U-Bahn-Station stöckeln.

Ich lege mich bäuchlings auf den Rasen, damit ich unter die umliegenden Sträucher schauen kann, und arbeite mich auf diese Weise Stück für Stück vor. Doch mit jedem Meter sinkt meine Hoffnung und die Verzweiflung kehrt zurück. Mit unter der Stirn verschränkten Armen lasse ich mich ins Gras sinken und heule los. Die Ungewissheit darüber, wo Angelo sich verkrochen hat und ob ihm etwas zugestoßen ist, macht mich total fertig. Ich fühle mich so schrecklich hilflos

»Was suchst du denn eigentlich?«, höre ich da plötzlich Herrn Wollmick fragen.

Wie ertappt wische ich mir die Tränen aus den Augen und richte mich langsam auf.

Der alte Herr steht direkt hinter mir am Zaun und fuchtelt mit seiner Rosenschere herum.

»Mein Meerschweinchen«, krächze ich.

»Oh«, sagt er. »Ist sein Freigehege kaputt?«, erkundigt er sich.

Ich schüttele den Kopf. »Es hat überhaupt keins.«

»Oh«, sagt er noch einmal und kratzt sich an der Stirn. »Dann wusstest du wohl nicht, dass man diese Tierchen nicht einfach so im Garten herumlaufen lassen darf, was?«

»Doch, klar«, erwidere ich und rappele mich auf. »Eigentlich ist Angelo immer in meinem Zimmer. Dort hat er eine Kiste. Und als ich die gestern sauber machen wollte, ist er mir entschlüpft.«

»Hmmm«, macht Herr Wollmick. »Dann werde ich mal für dich die Augen offen halten. Irgendwo muss das Kerlchen ja sein.«

Ich nicke, obwohl ich diesen Spruch allmählich nicht mehr hören kann.

»Das ist sehr nett von Ihnen. Vielen Dank.«

»Tja also …« Er kräuselt die Lippen und guckt mich unschlüssig an. »Solltest du jetzt etwas essen wollen … und sollte von dem Nudelsalat hinterher noch etwas übrig sein … Weißt du, meine Frau ist ein paar Tage nicht da.«

»Oh«, sage ich. »Wo ist sie denn?«

»Sie besucht eine alte Freundin in Köln«, erzählt Herr

Wollmick. »Leider hat sie mir nichts vorbereitet«, fährt er fort. »Sie ist nämlich der Ansicht, dass ich mir auch selber etwas kochen kann. Aber immer nur Dosensuppe, Würstchen oder Rührei sind auf die Dauer nicht wirklich befriedigend. Zufälligerweise ist Nudelsalat mein absolutes Lieblingsgericht.«

»Das glaube ich nicht«, rutscht es mir heraus. Erschrocken beiße ich mir auf die Unterlippe.

Doch Herr Wollmick ist mir nicht böse.

»Du bist ein kluges Mädchen, Miriam, denn du hast vollkommen recht«, entgegnet er und zwinkert mir zu. »Mein absolutes Leibgericht sind Königsberger Klopse. Manchmal auch Schweinebraten oder Rinderrouladen. Je nachdem.«

Ich grinse ihn an. »Auf jeden Fall irgendwas mit Fleisch.«

Er grinst zurück. »Du kennst dich mit den Gewohnheiten älterer Herrschaften wohl ziemlich gut aus, was?«

»Na ja«, sage ich. »Mit meinen Großeltern ist das so eine Sache. Sie wohnen ziemlich weit weg und deshalb sehe ich sie auch nur selten.«

»Das ist aber sehr schade.« Herr Wollmick zuckt bedauernd mit den Schultern. »Für dich und für deine Großeltern. Tja, wie auch immer«, meint er dann. »Als deine verehrte Mutter eben den Nudelsalat erwähnte, ist mir sofort das Wasser im Mund zusammengelaufen.«

»Sie hat es nicht erwähnt, sondern quer durch den Garten gebrüllt«, erwidere ich. »Kein Wunder, dass Sie Hunger bekommen haben. Ich finde es völlig okay, wenn Sie auch eine Portion davon abkriegen.«

»Ich will dir aber nichts wegessen«, sagt Herr Wollmick und tritt einen Schritt zurück, als ginge es ihm darum zu unterstreichen, dass er unter keinen Umständen Umstände machen oder gar unverschämt wirken wolle.

Ich winke ab. »Bestimmt ist genug davon da. Meine Mutter kocht fast immer viel zu viel.«

»Wunderbar!«, freut sich Herr Wollmick. »Wenn ich dir im Gegenzug ein Bockwürstchen anbieten darf?«

»Okay«, sage ich nach kurzem Zögern.

Eigentlich wäre es mir lieber, wenn er in der Zwischenzeit ein Auge auf unseren Garten hätte. Um das Meerschweinchen wirklich aufspüren zu können, müsste man das Gelände allerdings vierundzwanzig Stunden am Stück überwachen. Und das kriegen wir sowieso nicht hin. Also tröste ich mich mit dem Gedanken, dass Angelo sich schon nicht ausgerechnet innerhalb der wenigen Minuten zeigt, in denen sowohl Herr Wollmick als auch ich im Haus beschäftigt sind.

Trotzdem nehme ich die Beine in die Hand und flitze haste, was kannste zur Terrassentür. Je eher ich wieder zurück bin, desto besser.

»Na? Ist Angelo inzwischen aufgetaucht?«, fragt Junia, die wie ein Gespenst auf dem Sofa sitzt und in einer Zeitschrift blättert.

Ich bleibe wie angewurzelt stehen und fasse mich an die Brust.

»Mann, hast du mich erschreckt!«

»Entschuldigung, aber zufälligerweise ist das *unser* Wohnzimmer«, erwidert sie schnippisch. »Da solltest du schon damit rechnen, dass meine Mutter oder ich uns hier aufhalten.«

»Sabine ist im Laden und du *hältst* dich tagsüber fast nie hier auf«, schnappe ich zurück.

»Tja, manche Dinge ändern sich eben«, erwidert sie.

»Ach, tu doch nicht so!«, knurre ich. »Du hängst hier doch bloß ab, um mir nachzuspionieren.«

»Ts!« Junia tippt sich an die Schläfe. »Als ob ich nichts Besseres zu tun hätte«, sagt sie, legt die Zeitschrift auf den Beistelltisch und springt vom Sofa auf. »Hab ich im Übrigen sogar.«

Und ehe ich mich versehe, ist sie auch schon aus dem Zimmer gerauscht.

Ich rausche ebenfalls, und zwar nach oben.

Zuerst zische ich in die Küche und stelle fest, dass meine Mutter tatsächlich eine gigantische Menge Nudelsalat zubereitet hat. Ich verteile zwei großzügige Portionen auf zwei Teller und stelle sie auf das große bunte Holztablett, eines der vielen hübschen Schätze, die Mama in den letzten Monaten, seitdem sie und Sabine ihren *Deko*-Laden haben, hier angeschleppt hat.

Anschließend angele ich noch schnell mein Handy aus dem Rucksack und das Funktelefon aus der Station und lege beides zusammen mit ein paar Papierservietten und Besteck für zwei Personen neben die Teller. Und dann geht es auch schon im Galopp wieder die Treppe hinunter und auf die Terrasse hinaus.

Just in dem Augenblick, als ich den Rasen betrete, klingelt das Telefon.

Leise fluchend mache ich eine Kehrtwende und laufe ein paar Schritte zurück, um das Tablett auf dem Gartentisch abzustellen.

Eigentlich kann das nur Joey sein, schießt es mir durch den Kopf, und schon steigt meine Stimmung steil an.

Ich schnappe mir das Funkteil und drücke die Verbindungstaste.

»Ja, hallo, hier ist Miriam Schleher.«

»Und hier ist Harper, hallo!«, kommt es aus dem Lautsprecher zurück.

»Oh«, sage ich. »Du?«

»Ist es dir ungelegen?«

»Ähm, was?... Ähm, nein«, stammele ich. »Nicht direkt... Ich wollte gerade essen.«

Außerdem muss ich mich erst mal sammeln. Und nachdenken. Vor lauter Angelo habe ich mir nämlich noch gar nicht überlegt, wie ich ihn und Joey am besten zusammenbringe.

»Ich will auch nicht lange stören«, sagt Harper, »sondern dich nur fragen, ob du heute Nachmittag Zeit und Lust hast, mit mir ein Eis essen zu gehen.«

Ups, der hat es aber eilig!

»Ja, also...«, druckse ich. »Es gibt da leider ein Problem.«

»Und das wäre?«

»Mein Meerschweinchen ist ausgebüxt. Gestern schon. Wahrscheinlich rennt es hier irgendwo im Garten rum.«

»Verstehe«, sagt Harper. »Du findest natürlich keine Ruhe, bevor du es nicht wiedergefunden hast. Was hältst du davon, wenn ich vorbeikomme und dir suchen helfe?«

»Gar nichts«, erwidere ich vor lauter Entsetzen viel zu schnell und viel zu heftig.

Es fehlte mir gerade noch, dass Junia etwas von einem solchen Date mitbekommt. Garantiert würde sie sofort brühwarm Cobi davon berichten.

Am anderen Ende der Leitung breitet sich Schweigen aus.

»Vielen Dank, das war deutlich«, sagt Harper schließlich.

»Nein, nein, nein!«, beeile ich mich, die Sache richtigzustellen. »So war das doch gar nicht gemeint.«

»Sondern?«, fragt er gedehnt.

»Junia hilft mir bereits«, schwindele ich. »Sie wohnt im selben Haus wie ich. Und du erinnerst dich sicher, dass sie nicht besonders gut auf dich zu sprechen war.«

»Ach so«, erwidert Harper. »Ja, natürlich.«

Es klingt irgendwie merkwürdig. So als wüsste er nicht, wovon ich rede. Aber es ist ja wohl schlecht möglich, dass ein so junger Mensch bereits ein solch schlechtes Gedächtnis hat.

»Es tut mir leid«, sage ich.

»Ja, mir auch.« Harper seufzt. »Es ist nämlich so: Ab morgen muss ich meinen Eltern beim Aufbau helfen und dann komme ich kaum noch vom Gelände.«

»Das ist aber blöd«, entfährt es mir.

»Da hast du wohl recht.«

»Na ja, also, ich könnte ja auch …«

»Besser nicht«, unterbricht er mich viel zu schnell und viel zu heftig, bevor ich meinen Vorschlag überhaupt zu Ende unterbreiten kann.

»Es ist sowieso abgesperrt«, fügt er hastig hinzu. »Während des Aufbaus der Fahrgeräte darf niemand, der nicht zum Geschäft gehört, dort herumlaufen.«

»Na ja, dann besuche ich dich eben, sobald die Kirmes läuft«, sage ich. »Zum Beispiel gleich am Freitag.«

Bis dahin würde Angelo bestimmt wieder aufgetaucht und auch die Sache mit Cobi hoffentlich geklärt sein. Außerdem wäre so ein Jahrmarkt ohnehin die beste Gelegenheit, Harper und Joey zwanglos miteinander bekannt zu machen, und Junia hätte dann ebenfalls keinen Grund mehr, mir irgendwelche Heimlichkeiten zu unterstellen.

Je länger ich darüber nachdenke, desto besser gefällt mir mein Plan.

»Während der Laufzeit geht es nicht«, wendet Harper allerdings ein. »Da kann ich mich so gut wie gar nicht um dich kümmern.«

»Wieso denn nicht?«, frage ich. »Musst du etwa die ganze Zeit arbeiten?«

»Ja«, erwidert er frustriert und plötzlich tut er mir leid.

In einer Schaustellerfamilie zu leben, scheint wirklich kein Zuckerschlecken zu sein.

»Was habt ihr überhaupt für ein Fahrgeschäft?«, frage ich, während ich einen Blick zum Zaun hinüberwerfe, wo Herr Wollmick mit einem Henkeltopf steht und offensichtlich schon etwas länger auf mich wartet.

»Mehrere«, entgegnet Harper ausweichend.

»Und welche?«

»Das würde ich dir gerne persönlich erzählen«, sagt er. »Also, nicht am Telefon.«

»Hm«, mache ich und überlege.

Es wäre ja nun echt zu dumm, das Ganze bloß wegen dieser widrigen Äußerlichkeiten scheitern zu lassen. Andererseits stellt sich natürlich die Frage, ob es überhaupt klug wäre, Joey mit einem Jungen zu verbandeln, der vielleicht nur einmal im Jahr für ein paar Wochen hier ist. Aber gerade deshalb ist es eigentlich umso wichtiger, dass ich ihn ein bisschen näher in Augenschein nehme. Vielleicht ist Harper ja ein super Typ, und es wäre jammerschade, wenn Joey diese einmalige Chance verpassen würde.

»Du kannst also nur heute?«, frage ich zögernd.

»Ja.«

»Von wann bis wann?«

»Ab sofort bis zum Abend«, erwidert Harper. »Spätestens um neun muss ich wieder auf dem Kirmesplatz sein.«

»Okay«, sage ich.

»Super«, freut er sich. »Wann und wo?«

»Moment mal, das war noch kein Ja«, bremse ich seinen Enthusiasmus, »sondern nur ein Vielleicht. Sobald ich Angelo wiedergefunden habe, melde ich mich. Und dann sehen wir weiter.«

»Angelo?«, fragt Harper irritiert.

»Mein Meerschweinchen.«

»Ach so. Klar.« Er lacht. »Ja, also, dann drücke ich mir mal die Daumen.«

»Danke«, sage ich und lache ebenfalls. »Bis später.«

»Du rufst also auf jeden Fall zurück?«, vergewissert er sich.

»Versprochen«, sage ich. »Deine Nummer habe ich ja jetzt im Speicher.«

Zwischen Harpers Anruf und dem von Joey bleibt mir gerade die Zeit, die ich brauche, um Herrn Wollmick seinen Nudelsalatteller über den Zaun zu reichen und mir ein heißes Würstchen mit Senf abzuholen.

»Hast du schon mit IHM gesprochen?«, ist Joeys erste Frage.

»Ja klar«, sage ich und lasse mich auf einen Gartenstuhl sinken. Aus dem Augenwinkel bemerke ich eine Bewegung hinter mir. Wahrscheinlich hängt Junia wieder im Wohnzimmer rum und hat ihre Lauscher sperrangelweit aufgestellt. Na, meinetwegen soll sie! Was ich Joana zu erzählen habe, kann sie ruhig wissen. Mehr noch: Mir ist es sogar sehr recht, wenn Junia möglichst viel von diesem Gespräch mitbekommt.

»Schließlich ist er mein Tischnachbar.«

»Waaas?«, kreischt Joey.

Sicherheitshalber halte ich mir das Telefon einen halben Meter vom Ohr weg, damit ich mir keinen Gehörschaden zuziehe.

»Aber wieso?«, fragt sie mit dem nächsten Atemzug. »Ich denke, du und Junia, ihr sitzt nebeneinander.«

»Junia und ich haben Streit«, sage ich möglichst laut.

»Oh.« Joey scheint tief bestürzt zu sein. »Sooo schlimm?«

»Schlimmer«, erwidere ich. »Katastrophe. Sie hat Cobi irgendwelche Lügen erzählt, nach dem Motto, ich wolle mich mit Harper treffen und so. Jetzt vertraut er mir nicht mehr.«

»Ja, aber Miri, du kannst doch bestimmt mit ihm reden.«

»Das würde ich ja gerne«, sage ich. »Aber leider geht er nicht ans Telefon.« Was nicht ganz der Wahrheit entspricht, schließlich habe ich es seit gestern Abend gar nicht mehr versucht. »Und heute war er nicht mal in der Schule.«

»Aber doch nicht deinetwegen!«, ruft Joey.

»Nein«, entgegne ich. »Ach, keine Ahnung«, stoße ich dann hervor. »Junia scheint etwas darüber zu wissen, will es mir aber nicht verraten. Angeblich bleibt er ein paar Tage weg. Oder sogar noch länger.«

»Oje, hoffentlich ist er nicht krank«, sagt Joey.

»Na, das wüsste ich ja wohl«, entgegne ich und plötzlich ist mir ganz komisch im Bauch. »Du hast recht«, sage ich leise. »Cobi wollte sich mit mir treffen, um mir etwas zu erzählen. Es klang schon irgendwie … wichtig.«

Himmel noch mal, ich mag mir gar nicht vorstellen, dass er womöglich wirklich irgendeine fiese Krankheit hat!

»Aber dazu kam es dann gar nicht mehr, weil Junia ihn gegen mich aufgestachelt hat.«

Ich warte auf Joeys Unmutsäußerungen, auf Fragen nach Einzelheiten, einen strategischen Ratschlag oder zumindest ein paar Worte des Trostes, doch es kommt nichts dergleichen.

Joey schweigt.

Sie schweigt und schweigt.

Nach einer gefühlten Ewigkeit höre ich endlich ein Seufzen.

»Das ist bestimmt alles nur ein ganz blödes Missverständnis«, sagt sie schließlich.

»Nein, Joey!«, rufe ich. »Das ist es nicht. Angeblich wollte Junia Cobi vor einem seelischen Schaden bewahren, weil sie ihn ja schon so lange kennt und ihn so schrecklich gernhat.«

»Stimmt ja auch«, sagt Joey. »Ich glaube, ihr liegt tatsächlich eine ganze Menge an ihm.«

»Tja und ich glaube, dass sie einfach bloß höllisch eifersüchtig ist«, erwidere ich wütend.

Joey sagt nichts. Und dann ist die Verbindung plötzlich weg.

Völlig konsterniert starre ich auf das Telefon in meiner Hand. Habe ich nun aus Versehen aufgelegt oder ist es Joey gewesen – und zwar absichtlich?

Es wäre überhaupt kein Problem, mir sofort Gewissheit zu verschaffen. Ich müsste sie einfach nur zurückrufen. Aber ich mache es nicht, sondern gucke weiter das Telefon an und warte darauf, dass sie es tut. – Vergeblich.

Irgendwann lege ich das Funkteil auf das Tablett zurück und fange an, den Nudelsalat zu essen. Eine Gabel nach der anderen verschwindet in meinem Mund. Danach ist das Würstchen dran.

Ich kaue mechanisch und merke fast gar nicht, dass ich etwas hinunterschlucke. Aber solange ich esse, muss ich nicht nachdenken. In meinem Kopf wirbelt alles durcheinander und gleichzeitig fühlt er sich wie leergesaugt an.

In meinem Leben läuft gerade so ziemlich alles schief, was schieflaufen kann. Es würde mich nicht wundern, wenn es plötzlich einen lauten Knall gäbe und alles um mich herum verschwände: das Haus, der Garten, die Menschen, die ganze Welt. Nur ich, die Terrasse und der leer gegessene Teller wären noch übrig.

Und dann ertönt hinter mir plötzlich dieser entsetzliche Schrei.

Miriii!«

Junias schrille Stimme bohrt sich in mein Ohr. Es dauert einen Moment, bis ich begreife, dass sie real ist und dass sich dieser Schrei eigentlich alles andere als entsetzlich anhört, sondern vielmehr ein Freudenschrei ist.

»Miri, Miri, Miri! Du ahnst ja nicht, was ich gefunden habe!« Ihre Rufe vermischen sich mit Fußgetrappel und dann steht sie auf einmal vor mir, mit strahlenden Augen und einer Million schneeweißer Zähne hinter ihren lachenden Lippen. »Und du errätst garantiert nie und nimmer, wo.« Sie hält mir den laut fiependen und zappelnden Angelo entgegen. »Er hatte sich nämlich in unserem Schuhschrank verkrochen.«

Anstelle des Telefons oder der Luft um mich herum starre ich nun sie an und das Meerschweinchen in ihren Händen. Bei meinem Glück wäre es immerhin möglich, dass es sich bei dem Tier gar nicht um Angelo handelt, es in Wahrheit vielleicht sogar ein schwarzes Kaninchen ist oder – viel wahrscheinlicher – ich mir das alles nur einbilde.

»Verdammt noch mal, Miri, freust du dich denn gar nicht?«, ruft Junia und setzt mir Angelo kurzerhand auf den Schoß.

Wie in Trance fahre ich mit den Fingern durch sein weiches Rosettenfell und allmählich wird mir klar, dass ich nicht träume.

»Angelo«, murmele ich. »Angelo.« Ich hebe ihn auf meinen Arm und schmiege meine Wange an ihn. »Ach, mein kleiner Angelo.«

Ich sause vom Stuhl hoch und drehe mich selig juchzend mit ihm im Kreis herum. Als ich wieder zum Stillstand komme, fällt mein Blick auf Junia.

Eigentlich wäre jetzt der Augenblick, ihr um den Hals zu fallen und meine Freude mit ihr zu teilen. Es wäre die Chance für eine Versöhnung, vielleicht sogar für eine richtige Aussprache.

Doch ich kriege die Kurve nicht und stehe stattdessen da wie eine knorrige alte Eiche, die ihre Wurzeln schon seit über hundert Jahren fest im Boden verankert hat und deshalb keinen Millimeter von der Stelle weichen kann.

Alles, was ich zustande bringe, ist ein trockenes »Danke.«

Dann wende ich mich ab, zische an Junia vorbei und eile mit Angelo im Arm in mein Zimmer hinauf.

Nachdem ich eine Runde mit meinem Meerschweinchen gekuschelt und es mit frischen Möhrenstückchen gefüttert habe, richte ich seine Kiste her und sehe ihm überglücklich dabei zu, wie es aufgeregt hin und her wuselt, alles mit bebendem Näschen abschnuppert und sich schließlich über die Körner hermacht.

Am liebsten würde ich der ganzen Welt mitteilen, dass Angelo zurück ist, aber es hat ja kaum einer gewusst, dass er überhaupt verschwunden war. Nicht einmal Cobi.

Ich wische das traurige Gefühl, das sich sofort wieder in mein Gemüt schleichen will, entschieden beiseite. Mag sein, dass das Glück noch nicht wieder voll und ganz auf meiner Seite ist, fest steht jedoch: Meine Pechsträhne ist vorbei und damit ist es auch an der Zeit, dass ich die Dinge endlich wieder in die eigenen Hände nehme.

»Bis heute Abend, Angi-Baby«, raune ich Angelo zu, springe auf die Füße und hechte wieder nach unten auf die Terrasse hinaus.

»Hallo, Miriam!«, ruft Herr Wollmick und winkt mit dem Teller. »Der Nudelsalat war köstlich.«

»Möchten Sie noch etwas davon?«, frage ich. »Es ist noch jede Menge im Kühlschrank.«

»Nein, nein.« Er reibt sich über den Bauch. »Wenn ich zu viel esse, werde ich nur träge. Außerdem habe ich den Teller und das Besteck bereits abgespült.«

»Oh, vielen Dank, das wäre aber gar nicht nötig gewesen«, erwidere ich und laufe zum Gartenzaun, um ihm die Sachen abzunehmen. »Übrigens: Mein Meerschweinchen ist wieder da.«

»Na, das freut mich aber, Miriam«, sagt Herr Wollmick und ein Lächeln erhellt sein runzeliges Gesicht. »Wo hast du es denn gefunden?«

»Stellen Sie sich vor, im Schuhschrank. Keine Ahnung, wie lange es da drin gehockt hat.«

Herr Wollmick winkt ab. »Unwichtig«, meint er. »Hauptsache ist doch, dass du es rechtzeitig gefunden hast und es ihm gut geht. So, und jetzt werde ich mich mal wieder den Rosen widmen. Wenn meine Frau am Freitag heimkommt, soll sie bloß nicht den Eindruck haben, dass ich die ganze Woche auf der faulen Haut gelegen hätte.«

»Ach, Ihr Garten sieht doch toll aus«, sage ich und nicke ihm noch einmal zu, bevor ich mich umdrehe und zur Terrasse zurücklaufe.

Junia hat sich inzwischen in einiger Entfernung ein schattiges Plätzchen gesucht und sich mit einem Buch ins Gras gelegt.

Sie beachtet mich ebenso wenig wie ich sie. Aber ich bin mir sicher, dass sie mich ganz genau beobachtet.

Und deshalb lege ich alles wieder auf das Tablett und trage es zu uns in die Küche hinauf. Vorsichtshalber schließe ich Tür und Fenster, greife nach meinem Handy und suche Cobis Nummer heraus.

Nach kurzem Knacken meldet sich wieder nur die Mailbox.

»Cobi, bitte«, flehe ich sie an. »Ruf mich zurück. Lass uns noch mal über alles reden. Ich hab dich lieb«, füge ich nach kurzem Zögern leise hinzu. »Nur dich.«

Danach muss ich ein paarmal tief durchatmen, ehe ich Harper anrufen kann.

Ich speichere seine Handynummer auf meinem Smartphone und lösche sie aus unserem Festnetzspeicher. Sicher ist sicher. Sollte Junia sie nämlich dort finden und ausprobieren, wäre ich ganz schön gelackmeiert. Eigentlich dumm von mir, dass ich sie ihm überhaupt gegeben habe.

Ich überlege, was ich Harper sagen könnte, mir wird jedoch schnell klar, dass es im Grunde vollkommen wurscht ist. Zuerst müssen wir uns treffen, dann wird sich der Rest schon ergeben. Wichtig ist nur, dass ich ihm möglichst bald von Cobi erzähle, damit er sich keine falschen Hoffnungen macht. Allerdings will auch dieser Zeitpunkt klug gewählt sein. Komme ich zu früh damit raus, ist er möglicherweise so enttäuscht, dass ich ihn gar nicht mehr für Joey begeistern kann.

Ich hole ein letztes Mal Luft, dann stelle ich die Verbindung her und muss auch gar nicht lange warten. Harper scheint gespannt wie ein Flitzebogen über sein Handy gewacht zu haben.

»Hey«, melde ich mich. »Ich bin's, Miriam.«

»Hey«, sagt er. Seine Stimme klingt ein wenig rau. »Und? Wie sieht es aus?«, erkundigt er sich. »Ist dein Meerschweinchen wieder aufgetaucht?«

»Ja, ist es«, erwidere ich. »Ich kann dir gar nicht beschreiben, wie happy ich bin.«

»Und ich erst!«

»Ja«, sage ich ein wenig lahm.

Sein Enthusiasmus macht mich echt fertig. Ich kann nur

hoffen, dass er sich noch nicht allzu heftig in mich verknallt hat.

»Was hältst du davon, wenn wir uns in einer halben Stunde vor Häagen Dasz in der Einkaufszone treffen?«, schlägt er vor. »Oder magst du lieber italienisches Eis?«

»Nein, nein, ist schon okay«, antworte ich. Zufälligerweise befindet sich das Häagen-Dasz-Café ganz in der Nähe von Mamas Laden, da könnte ich glatt versuchen, zwei Fliegen mit einer Klappe zu schlagen. »Aber ich schaffe es erst in einer Dreiviertelstunde.«

»Kein Thema«, meint Harper fröhlich. »Ich freue mich wahnsinnig.«

»Okay, dann bis gleich«, sage ich nüchtern und kappe die Verbindung.

Mannomann! Wie soll das bloß werden? Der Typ macht mich ja jetzt schon völlig fertig.

Nachdem ich meinen Rucksack aus meinem Zimmer geholt habe, laufe ich sofort los zur Untergrund-Haltestelle. Leider habe ich Pech und die Bahn fährt mir direkt vor der Nase weg. Mist! Ich hätte wohl doch besser den Bus nehmen sollen!

Geschlagene zwölf Minuten tigere ich auf dem Bahnsteig hin und her, bis der nächste Zug einläuft. Ich fahre mit ihm bis zum Hauptbahnhof, wo ich zum Glück gleich Anschluss bekomme, und als ich um kurz nach vier endlich die Einkaufszone erreiche und den Schriftzug von Häagen Dasz erblicke, fängt mein Herz plötzlich ziemlich doll zu klopfen an.

Ohne Frage: Harper ist ein sehr außergewöhnlicher Junge. Mal verhält er sich forsch und ein bisschen angeberisch, dann wieder beinahe schüchtern und verletzlich, fast so, als würden zwei verschiedene Menschen in ein und demselben Körper stecken.

Ich bin jedenfalls sehr gespannt, welche Seite er diesmal von sich zeigt und ob er noch mehr Überraschendes auf Lager hat. Dass er Joey gefällt, wundert mich nicht. Sie hat ja selber bemerkt, wie gut er aussieht, und ganz sicher ist ihr auch nicht entgangen, welch akrobatische Verrenkungen er beim Frisbeespielen gemacht hat. Doreen fand ihn göttlich. – Nun, das ist vielleicht ein wenig übertrieben, aber die Richtung stimmt. Eigentlich komisch, dass Junia so ablehnend auf ihn reagiert hat. Im Grunde war sie ja schon anti, bevor er überhaupt richtig den Mund aufgemacht hatte. Aber was soll's, es kann schließlich nicht jeder den gleichen Geschmack haben, und in diesem speziellen Fall ist es sogar ein Segen. Nicht auszudenken, wenn Joey und Junia sich beide in Harper verguckt hätten! Das würde alles nämlich nur noch komplizierter machen.

Inzwischen habe ich mich der dänischen Eisdiele bis auf wenige Schritte genähert und sehe, dass Harper dort gleich neben der Eingangstür einen Zweiertisch belegt hat. Als er mich bemerkt, springt er sofort auf und winkt mir zu.

»Toll, dass es doch noch geklappt hat«, begrüßt er mich.

»Und dass deinem Meerschweinchen nichts zugestoßen ist.«

»Ja«, sage ich und deute auf die Tür. »Hast du was dagegen, wenn wir uns reinsetzen?«

»Öhm ...« Harper mustert mich verwundert. »Gefällt es dir hier draußen nicht? Zu laut oder ...«, er weist grinsend zum Himmel, »zu viel Sonne?«

»Nein.«

Fest entschlossen, keinen Eiertanz zu veranstalten, sondern ihm von Anfang an die Wahrheit zu sagen, schüttele ich den Kopf.

»Ich möchte nicht, dass man uns zusammen sieht.«

Auf Harpers Stirn bildet sich eine Steilfalte. »Man?«

»Na ja«, stelle ich schulterzuckend richtig. »Eigentlich meine ich damit vor allem Junia.«

Harper schluckt. »Kann sie mich so wenig ausstehen?«, fragt er bestürzt.

»Ja, leider.«

»Oh Mann, da habe ich ja richtig Glück, dass du dich trotzdem mit mir triffst«, presst Harper hervor, der nun mit einem Mal ziemlich blass um die Nase geworden ist.

Ich nicke stumm und gehe dann einfach weiter durch die Tür in das Eiscafé hinein und steuere auf einen der hinteren Tische zu.

Harper folgt mir schweigend. Erst nachdem wir uns beide hingesetzt haben und ich meinen Rucksack über die Rückenlehne meines Stuhls gehängt habe, fragt er:

»Und warum bist du dann überhaupt hergekommen?«

»Weil es mich interessiert, wie du lebst«, sage ich

rundheraus, selbst wenn es nur die halbe Wahrheit ist. »Und natürlich auch, weil ich wissen wollte, warum du mich …«

Ich gerate ins Stocken und breche dann ganz ab. Die Situation ist aber auch wirklich zu blöd!

Harper starrt mich an, ohne etwas zu sagen, und senkt schließlich den Kopf.

Ich spüre, wie mir eine glühende Hitze den Nacken hinaufkriecht, und beginne, unruhig mit den Füßen über den Boden zu scharren. Wenn ich nicht bald die Kurve kriege, platze ich.

»Aber ich habe noch eine andere Freundin«, stammele ich. »Joey … ähm, sie …«

»Ich habe überhaupt keine Freunde«, sagt Harper leise. »Ich habe niemanden. Außer meiner Familie natürlich«, setzt er nach einem Räuspern hinzu. »Aber das ist irgendwie nicht das Gleiche.«

Betroffen sehe ich ihn an. Seine hübschen braunen Schokoaugen sehen schrecklich traurig aus.

»Jedes Mal, wenn wir etwas länger an einem Ort sind, versuche ich … jemanden näher kennenzulernen«, erzählt er weiter. »Manchmal klappt es auch …«

»Sooo schwer kann das doch gar nicht sein«, falle ich ihm ins Wort. »Heute Morgen in der Schule hättest du die freie Auswahl gehabt.«

»Na ja, es geht ja nicht nur um Mädchen«, entgegnet Harper. »Außerdem wollen die sowieso fast immer nur das eine.«

»Aha?«

Ich bin mir etwas unschlüssig, ob ich mich jetzt aufregen oder einfach laut herauslachen soll.

»Klar«, sagt Harper. »Freie Fahrt für alle Fahrgeräte.«

Ups! Wie gut, dass ich die Klappe gehalten habe! Das Lachen kann ich mir allerdings nicht verkneifen.

Harper wirft mir einen finsteren Blick zu. »Jetzt behaupte bloß nicht, du hättest noch nicht mit diesem Gedanken gespielt«, sagt er überraschend schroff. »Vielleicht hat sogar Junia ihre Meinung über mich mittlerweile geändert.

»Nein«, erwidere ich. »Das hat sie garantiert nicht.«

»Na, warte mal ab«, brummt Harper. »Es ist ziemlich leicht, jemanden zu mögen, wenn man von ihm profitieren kann und außerdem weiß, dass er bald wieder weg ist.«

Ich schüttele den Kopf. »So ist Junia nicht«, sage ich. »Ich habe zwar gerade richtig Krach mit ihr und ich könnte sie echt auf den Mond schießen, aber ich weiß ganz sicher: *So* ist sie nicht. Und ich übrigens auch nicht«, stelle ich klar. »Ich würde gar nicht auf die Idee kommen, dich zu fragen, ob du mir ein paar Jetons für den Autoskooter schenken könntest.«

»Das könnte ich übrigens wirklich nicht«, erwidert Harper und nun lächelt er. »Autoskooter hat Familie Stenton nämlich leider nicht im Programm.«

»Okay, was dann?«

»Polyp. Achterbahn. Dosenwerfen«, zählt Harper auf. »Außerdem hätten wir noch die langweilige Raupe anzubieten und gebrannte Mandeln.«

»Nicht schlecht«, staune ich. »Etwa die große Achterbahn?«

Harper zuckt die Achseln.

Wow!

Inzwischen hat eine der beiden Kellnerinnen gemerkt, dass der einzige Innentisch im hintersten Winkel besetzt ist, und kommt nun mit leicht genervtem Gesichtsausdruck zu uns herüber.

»Wollt ihr euch nicht lieber nach draußen setzen?«

»Nein«, sagt Harper.

»Aber alle anderen sind ebenfalls draußen«, wendet die Kellnerin ein.

»Eben«, sage ich.

»Was möchtest du denn überhaupt?«, fragt Harper mich und an die Kellnerin gewandt: »Oder bedienen Sie hier drinnen heute nicht?«

Anstelle einer Antwort zückt sie ihren Notizblock und richtet den Blick ungeduldig auf mich.

»Drei Kugeln ohne Sahne«, bestelle ich.

»Und welche Sorten?«, fragt die Kellnerin.

»Äh …«, sage ich, denn leider kenne ich mich mit dem Angebot von Häagen Dasz nicht besonders gut aus.

»Drei Kugeln sind Quatsch«, meint Harper. »Bringen Sie uns bitte den größten Becher, den Sie im Angebot haben.«

Die Kellnerin kneift ihre Augen zusammen und fährt sich mit dem Bleistift skeptisch über die Schläfe. »Den größten? Zweimal?«

Harper nickt. »Ja, bitte.«

»Du weißt aber schon, dass das Eis hier nicht gerade billig ist«, raune ich ihm zu, als die Kellnerin außer Hörweite ist.

»Klar.«

»Meinetwegen wäre das nicht nötig gewesen«, grummele ich. »Ich hab dir doch gerade gesagt, dass du mir so nicht imponieren kannst.«

»Ich habe es ja auch nicht deinetwegen gemacht«, erwidert Harper fröhlich und nickt in Richtung Tresen, wo die Kellnerin gerade unsere Bestellung aufgibt, »sondern ihretwegen. Die denkt doch, dass wir das gar nicht bezahlen können.«

Ich will gerade etwas erwidern, da dudelt mein Handy los.

»Na, hoffentlich ist das nicht deine Freundin Junia«, sagt Harper.

»Bestimmt nicht«, erwidere ich, während ich meine Hand in das Seitenfach meines Rucksacks schiebe und das Smartphone daraus hervorpfriemele.

Ein Blick auf das Display genügt, um mir einen Herzstillstand mit unmittelbar darauf folgendem Herzrasen zu bescheren. Denn es ist Cobis Nummer, die darauf zu lesen ist.

Mit zitterndem Daumen wische ich über den Touchscreen, lege das Handy an mein Ohr und krächze:

»Cobi.«

Niemand meldet sich. Alles, was ich vernehme, sind stoßende Atemgeräusche.

»Cobi?«, frage ich. »Hier ist Miri. Hörst du mich?«

»Cobi, bitte«, ertönt es vielstimmig. »Ruf mich zurück. Lass uns noch mal über alles reden. Ich hab dich lieb. Nur dihich.«

Anschließend ertönt schallendes Gelächter.

Ich merke, wie mir das Blut aus dem Gesicht weicht und mit einem Schwups in meinen Bauch hinuntersinkt.

Hastig kappe ich die Verbindung und lasse das Handy auf den Tisch fallen, als wäre es ein ekliges Insekt.

»Was ist los?«, fragt Harper bestürzt. »War es doch Junia?«

»Nein«, sage ich tonlos. »Irgendjemand hat meinem Freund das Handy geklaut und die Mailbox abgehört. Vielleicht hat er es auch verloren.«

Oder er hat ein paar Kumpels zusammengetrommelt, um ein bisschen Spaß zu haben und sich gemeinsam mit ihnen über mich lustig zu machen.

Nein, nein, weise ich mich zurecht. Das ist ganz und gar unmöglich. So etwas würde Cobi niemals tun. Selbst dann nicht, wenn ich ihn ganz, ganz furchtbar verletzt hätte.

»Du hast also einen Freund«, sagt Harper.

Es klingt merkwürdig. Nicht wirklich enttäuscht, aber auch nicht unbedingt unbekümmert.

»Ja, tut mir leid«, sage ich.

Harper schiebt die Unterlippe vor und mir schießen die Tränen in die Augen. Damit er es nicht sieht, wende ich mich ab und fange an, meinen Rucksack nach einem Taschentuch zu durchwühlen.

Unterdessen nähert sich uns ein Tablett mit zwei gigantischen Eisbechern, deren Sahnezipfel bis fast unter die Decke reichen.

»Oh mein Gott, das schaffe ich ja nie«, stoße ich aus, während ich ein Papiertaschentuch aus der Packung hervorziehe, mir damit rasch über die Augen fahre und anschließend die Nase schnäuze.

»Das ist nicht mein Problem, mein liebes Kind«, gibt die Kellnerin patzig zurück. »Bestellt ist bestellt und muss selbstverständlich auch bezahlt werden.«

Sie stellt die Eisbecher vor uns auf den Tisch und rauscht wieder ab.

»Ziege«, brummt Harper. »Aber die wird sich noch wundern.«

»Was hast du denn vor?«, frage ich.

Er zwinkert mir zu.

»Das wirst du schon sehen. Und jetzt lass es dir schmecken«, sagt er. »Wenn du es nicht schaffst, soll das nun wirklich nicht mein Problem sein«, fügt er mit hoher Kellnerinnenstimme hinzu.

Grinsend sehen wir uns an.

Während wir unsere Eisberge abtragen, erzählt Harper von seinem Leben in einer Schaustellerfamilie. Ich erfahre, dass er normalerweise von einem Privatlehrer unterrichtet wird und nur bei längeren Aufenthalten als Gastschüler in eine richtige Schule gehen kann.

»Allerdings hinke ich ziemlich hinterher«, meint er betrübt. »Eigentlich gehöre ich in die achte Klasse. Mein Lehrer sagt auch, dass ich viel besser sein könnte, wenn ich immer normalen Unterricht hätte, zum Beispiel in einem Internat. Aber meine Eltern kümmert das nicht. Sie brauchen mich als Arbeitskraft. Außerdem soll ich die Fahrgeschäfte irgendwann mal übernehmen. Ich brauche also gar keinen richtigen Schulabschluss.«

»Möchtest du das denn überhaupt?«, frage ich ihn. »Ich meine, dein Leben lang von einer Kirmes zur nächsten ziehen?«

Harper zuckt mit den Schultern. »Ich kenne nichts anderes. Und eigentlich ist es auch irgendwie cool. Man sieht viel von der Welt, trifft wahnsinnig viele Leute und man lebt in einer großen Gemeinschaft, wo jeder jedem hilft.«

Gebannt lausche ich seinen Geschichten und für eine gute Stunde vergesse ich sogar Cobi, meinen Streit mit Junia und dass ich nicht weiß, wie Joey über all das denkt.

Erst als unsere Bäuche bis zum Platzen gefüllt sind, wir unsere noch halb vollen Eisbecher zur Seite schieben und Harper mich nach meinem Leben fragt, kommt alles mit einem Schlag wieder zurück.

Und jetzt fange *ich* an zu erzählen. Ich beginne mit meinem Streit mit Joey vor über einem Jahr, lasse die Trennung meiner Eltern nicht aus und beende meinen Bericht mit den fatalen Ereignissen der letzten drei Tage.

Harper unterbricht mich nicht ein einziges Mal, und auch als ich längst fertig bin und mir komplett die Worte ausgegangen sind, guckt er noch immer schweigend vor sich hin.

»Dann ist das Ganze also meine Schuld«, sagt er schließlich und legt ein wenig zaghaft seine Hand auf meine. »Ich kann dir gar nicht sagen, wie leid mir das tut.«

Dann steht er ganz plötzlich auf, zieht eine kleine braune Geldbörse aus seiner Hosentasche und macht sich auf den Weg zum Tresen.

»Aber das ist doch Quatsch!«, rufe ich, schnappe mir meinen Rucksack und eile ihm hinterher.

»Ist es nicht«, widerspricht Harper und hält der verdutzten Kellnerin einen Zwanzig-Euro-Schein hin. »Der Rest ist für Sie wegen Ihrer außergewöhnlich zuvorkommenden Bedienung.«

»Ja, aber …«, stammelt sie und eine leichte Röte breitet sich über ihr Gesicht aus.

»Nichts zu danken«, meint Harper lächelnd. »Immerhin hatte ich einen sehr schönen Nachmittag«, sagt er zu mir und haucht mir einen Kuss auf die Wange. »Tschüss, Miriam. Es war toll, dich kennengelernt zu haben.«

»Ja, aber …«, stammle jetzt auch ich. »Wieso denn?«

Doch da ist Harper bereits über alle Berge.

Tja, so sind sie eben, die Jungs«, sagt die Kellnerin, nachdem ich eine Weile wie vor den Kopf gestoßen dagestanden und in die Richtung gestarrt habe, in die Harper verschwunden ist. »Aber jetzt gräm dich mal nicht, meine Kleine. Jemand, der so mit seinem Geld um sich wirft, taugt sowieso nicht zum Heiraten.«

»Das hatte ich gar nicht vor«, brumme ich und setze mich langsam in Bewegung.

Diese dumme Ziege kann mir mit ihren blöden Sprüchen gestohlen bleiben. Und Harper darf sich ebenfalls auf was gefasst machen. Ich verstehe ja, dass sich sein Interesse an mir, jetzt da er weiß, dass ich mit Cobi zusammen bin, stark abgeschwächt hat. Das ist allerdings noch lange kein Grund, mich einfach stehen zu lassen. Und diese bescheuerte Schuldnummer lasse ich ihm erst recht nicht durchgehen. Nee, nee, so leicht kommt er mir nicht davon.

Geradezu beseelt von meiner Entschlossenheit, schlage ich den Weg zu den Bushaltestellen ein. Mamas und Sabines Deko-Laden befindet sich in einer schmalen Nebenstraße, die gleich hinter *Schuh Meyer* abgeht und auf den ZOB zuführt. Die Anbindung könnte idealer nicht sein, keine Ahnung, warum meine Mutter lieber mit der U-Bahn fährt.

Voller Enthusiasmus biege ich um die Ecke und steuere auf den Laden zu. *Deco-Art* haben Mama und Sabine ihn genannt. Der Schriftzug prangt in großen klaren Lettern über der Tür und ist in der Nacht sogar beleuchtet.

Ich denke an Mamas seltsames Brunch-Date mit dieser ominösen Stefanie Klugmann und verringere instinktiv mein Tempo – was sich als ziemlich klug erweist. Denn als ich nur noch wenige Schritte von der Eingangstür entfernt bin, wird sie plötzlich geöffnet. Ich bleibe wie angewurzelt stehen und schaue mich nach etwas um, hinter dem ich notfalls in Deckung gehen kann.

Den Arm und die Hand meiner Mutter, die den Türgriff festhält, erkenne ich sofort und im nächsten Moment tritt ein Mann heraus. Er ist groß und schlank, trägt eine helle Chino-Hose, ein weißes T-Shirt und graue Converse-Chucks. Seine Haare sind kinnlang, dunkelblond und lockig. Außerdem ist er schätzungsweise eine Million Jahre jünger als Mama, was mich normalerweise gar nicht stören würde.

Das Problem ist nur, dass er seinen Arm um ihre Hüfte legt, sie zu sich herauszieht und auf die Wange küsst.

Meine Mutter lacht total unnatürlich und küsst ihn ebenfalls, und zwar mitten auf den Mund.

Vor Schreck mache ich einen Hechtsprung nach rechts, um mich hinter einer dicken Frau zu verstecken, deren Mops gerade gegen die Steinumrandung eines Blumenbeets pinkelt. Doch leider hat der kleine Kerl nicht viel in der Blase und zerrt sein Frauchen bereits nach ein paar Sekunden energisch weiter.

Dummerweise bin ich so sehr auf meine Mutter und den fremden Typen fixiert, dass ich nicht rechtzeitig reagiere und es schlicht verpasse, mitzulaufen und mich weiter hinter der Frau verborgen zu halten.

Der lockige Typ hat Mama inzwischen losgelassen, hebt noch einmal seine Hand zum Gruß und wendet sich in Richtung ZOB. Meine Mutter lächelt ihm nach, sieht sich noch einmal um und entdeckt mich.

Genau in dem Moment, als unsere Blicke sich treffen, schlägt der Blitz in mich ein. Ich wirbele herum und renne los, zurück zu *Schuh Meyer* und auf die Einkaufsstraße.

»Miiiriaaam!«, höre ich meine Mutter schreien. »So warte doch! Miriam, bitteee!«

Doch ich haste unbeirrt weiter. Ich kann jetzt nicht mit ihr reden, will ihre Erklärungen und Rechtfertigungen nicht hören, sondern einfach nur rennen. Rennen. Rennen.

Völlig außer Puste erreiche ich die U-Bahn-Station und habe dort direkt Anschluss.

Ich suche mir einen freien Zweierplatz, rutsche bis zum Fenster durch und lege meinen Rucksack auf den Sitz neben mir. Hektisch krame ich mein Smartphone hervor und wähle die Handynummer meines Vaters.

Es dauert nicht lange, bis er sich meldet.

»Miriam, wie schön! Du hast ja lange nichts von dir hören lassen. Ich habe mir schon überlegt, ob ich nicht morgen einfach zum Training komme. Wir könnten eine Pizza essen gehen. Was hältst du davon?«

»Nichts … äh … Papa?«

»Ja, mein Schatz? Was ist denn los mit dir?«

Offenbar hat er endlich gemerkt, dass ich total von der Rolle bin.

»Mama …!«

»Was ist mit ihr?«

»Ich glaube, sie hat einen Freund!«

Das verschlägt sogar meinem Vater die Sprache.

»Bist du sicher?«, fragt er, als er sie wiedergefunden hat.

»Ich hab gesehen, wie sie sich geküsst haben«, zische ich. »Und Papa …?«

»Ja?«

»Der Typ ist noch total jung. Höchstens 25 oder so.«

»Hm«, macht mein Vater. »Und deine Mutter hat dir nichts von ihm erzählt?«

»Neiiin«, fauche ich. »Dabei hatte ich es schon geahnt. Aber sie wollte es nicht zugeben.«

»Na ja …«

»Was na ja?«

»Vielleicht hat sie ihre Gründe«, sagt Papa. »Ganz bestimmt sogar.«

»Was denn für Gründe?«

»Na ja …«

Himmel, Pups und Donnerwetter, dieses dämliche Herumgedruckse geht mir ganz schön auf den Zwirn.

»Was für Gründe?«, frage ich noch einmal.

»Miriam, das weiß ich nicht«, erwidert Papa. »Ich kann darüber nur spekulieren, und das will ich nicht. Deine Mutter sollte es dir besser selber sagen. Was sie auch ganz sicher tun wird, jetzt nachdem du sie sozusagen in flagranti erwischt hast.«

Ts! Mit in flagranti hatte das nun wahrlich nichts zu tun. Es hatte vielmehr den Anschein, als wollte sie die ganze Welt daran teilhaben lassen. Aber es hatte wohl wenig Sinn, mit meinem Vater darüber zu diskutieren. Ich musste mit Mama höchstpersönlich reden. Und zwar gleich heute Abend.

»Okay«, lenke ich also ein. »Tut mir leid, dass ich damit so über dich hergefallen bin.«

»Schon gut«, sagt Papa sanft. »Ich verstehe dich ja. Aber für deine Mutter solltest du auch ein bisschen Verständnis aufzubringen versuchen. Sie kann schließlich nicht für den Rest ihres Lebens allein bleiben.«

»Meinetwegen«, brumme ich. »Aber es muss ja nicht unbedingt ein Baby sein.«

Von dem ich mir womöglich dann auch noch sagen lassen muss, wie ich meine Dinge zu regeln habe. – Besten Dank!

»Ach, Miriam, jetzt übertreib mal nicht«, entgegnet mein Vater. »Du hast ihn ja nur kurz gesehen. Bestimmt kam er dir auf den ersten Blick jünger vor, als er ist.«

Ich merke schon: Mit ihm kann ich tatsächlich nicht über solche Dinge reden. Keine Ahnung, wozu er sich überhaupt von Mama getrennt hat, wenn er jetzt doch immer auf ihrer Seite steht. Am meisten fuchst mich jedoch, dass es ihm überhaupt nichts auszumachen scheint, dass sie einen Neuen hat.

»Vielleicht weißt du übermorgen ja schon etwas mehr«, sagt Papa jetzt. »Und wir können uns dann bei einer schönen Pizza ganz in Ruhe darüber unterhalten.«

Ja, klar!

Schön essen und dabei Probleme wälzen passt in meinen Augen nämlich überhaupt nicht zusammen. Außerdem könnte es immerhin sein, dass ich nach dem Training noch etwas mit Cobi unternehmen werde. Das hoffe ich zumindest. Und so vertröste ich meinen Vater aufs Wochenende, worüber er offensichtlich nicht gerade erfreut ist. Immerhin bemüht er sich aber, sich nicht allzu viel davon anmerken zu lassen.

Als ich gegen halb sieben zu Hause ankomme, ist Mama bereits da.

Ich bin so verdattert, dass ich reflexartig auf dem Absatz kehrtmache und wieder zur Tür hinaus auf die Straße laufen will.

Doch meine Mutter rennt mir hinterher, kriegt mich am Arm zu fassen und hält mich zurück.

»Miriam, bitte, lass uns reden.«

Ich reiße mich los und wirbele zu ihr herum. »Wieso bist du überhaupt schon hier?«, fahre ich sie an.

»Ich habe ein Taxi genommen.«

»Und der Laden?«, fauche ich. – Als ob es nichts Wichtigeres gäbe!

»Den habe ich geschlossen«, erwidert meine Mutter. »Gleich nachdem du mich mit Viktor gesehen hast …«

»Oh, und ich dachte, er heißt Stefan!«, platze ich heraus.

Auf Mamas Stirn bildet sich eine Steilfalte. »Wie kommst du denn darauf?«, fragt sie irritiert, doch plötzlich hellt sich ihre Miene auf. »Ach, du dachtest, dass Stefanie Klugmann in Wahrheit ein Mann ist.« Sie schüttelt lächelnd den Kopf. »Gegen die Kombinationsgabe einer Zwölfjährigen soll man mal gewachsen sein. In diesem Fall hast du allerdings danebengetippt, Fräulein Detektivin.«

»Wie lustig«, brumme ich. »Außerdem habe ich dir nicht hinterherspioniert.«

Zumindest nicht so richtig.

»Na, als ob du so oft zu mir in den Laden kämst!«, erwidert sie.

Okay, ertappt! Aber das muss ich ja nicht gleich zugeben.

»Ich war gerade in der Nähe und da dachte ich, ich schau halt mal vorbei«, erzähle ich ihr und setze eine Unschuldsmiene auf.

»Gut, Miriam, wie auch immer«, entgegnet Mama mit einem Anflug von Ungeduld in der Stimme. »Ich jedenfalls habe eben alles stehen und liegen gelassen und mich sofort auf den Heimweg gemacht, um dir das Ganze zu erklären.«

Ts! Jetzt schüttele ich den Kopf.

»Was gibt's denn daran groß zu erklären?«, gebe ich zurück. »Also, ich fand, *das Ganze* sah ziemlich eindeutig aus. Wie alt ist denn dein Viktor überhaupt?«

»Sechsunddreißig«, antwortet meine Mutter. »Und ob er jemals *mein* Viktor sein wird, steht in den Sternen. Im Übrigen gefällt mir dein Tonfall nicht. Du redest mit mir, als wäre *ich* deine Tochter und nicht umgekehrt.«

Ich sehe sie an und schlucke.

»Ja, aber das ist doch bloß, weil ...«, beginne ich mit meiner Rechtfertigung, doch Mama lässt mich nicht ausreden.

»Komm, jetzt lass uns erst mal reingehen«, sagt sie milde. »Erstens habe ich einen Bärenhunger und zweitens redet es sich auf dem Sofa bestimmt besser.«

Mit hängendem Kopf folge ich ihr die Treppe hinauf und trotte schon mal in unser gemeinsames Wohnzimmer, während sie den Nudelsalat und etwas zu trinken aus der Küche holt.

»Angelo ist übrigens wieder aufgetaucht«, sage ich, als sie mit dem Tablett in den Händen über die Schwelle tritt.

»Das ist ja toll!« Mama strahlt mich an. »Wo hast du ihn denn gefunden?«

»Junia war's«, erwidere ich, lasse mich in die rechte Sofaecke plumpsen und lege mir eins der kuschligen Kissen auf den Bauch. »Sie hat ihn zufällig im Schuhschrank entdeckt.«

»Junia ... so, so«, murmelt Mama. »Im Schuhschrank ... aha ...«

Einen Atemzug lang sieht sie seltsam besorgt aus, dann entspannt sich ihre Miene wieder.

»Was ist denn?«, hake ich trotzdem nach. »Wieso wunderst du dich darüber?«

»Ach…« Meine Mutter winkt ab. »Ich frage mich nur, wie Angelo ausgerechnet in den Schuhschrank geraten ist. Aber letztendlich ist das auch nicht wichtig. Hauptsache, er ist wieder da und es geht ihm gut.«

Sie füllt zwei Gläser mit Apfelschorle und einen Teller mit Nudelsalat und hält ihn mir hin. »Möchtest du? Oder hast du dich heute Mittag bereits daran satt gegessen?«

»Ja, habe ich«, sage ich und hebe abwehrend die Hände. »Herrn Wollmick habe ich auch etwas davon abgegeben. Seine Frau ist diese Woche nicht da und…«

»Das ist völlig in Ordnung, Schätzchen«, fällt Mama mir ins Wort. »Und jetzt erzähl mal«, fährt sie fort, während sie sich neben mich aufs Sofa sinken lässt, »habt Junia und du euch wieder vertragen?«

»Nein«, sage ich. »Bloß, weil sie Angelo gefunden hat, ist ja nicht automatisch gleich alles wieder gut.«

»Oh, oh.« Mama seufzt. »Das zwischen euch beiden scheint ja wirklich etwas Ernsthaftes zu sein.«

»Ist es«, brumme ich. »Ich würde allerdings lieber über diesen… ähm… Viktor reden, wenn du nichts dagegen hast.«

»Nein.« Meine Mutter schüttelt den Kopf und schiebt sich eine Gabel Nudelsalat in den Mund.

»Wie hast du ihn überhaupt kennengelernt?«, frage ich.

»Über Stefanie Klugmann. Er ist einer ihrer Kunden. Sie richtet sein neues Haus ein, und als sie unseren Laden ins Gespräch brachte, wollte er Sabine und mich unbedingt kennenlernen.«

»Ach so«, sage ich und trinke einen Schluck Schorle. »Und bist du richtig in ihn verliebt?«, frage ich weiter, nachdem ich das Glas auf den Tisch zurückgestellt habe.

»Ja, ein wenig schon«, antwortet sie freimütig. »Viktor Langhaus ist ein sehr netter Mann und er hat schon eine Menge erlebt. Es ist ausgesprochen interessant, sich mit ihm zu unterhalten.«

»Und küssen kann er sicher auch.«

»Ja, Miriam.« Meine Mutter verdreht stöhnend die Augen. »Wie schön so etwas ist, weißt du mittlerweile bestimmt selbst. Oder führst du mit Cobi etwa nur *interessante* Gespräche?«

»Weder noch«, presse ich hervor. »Mit Cobi ist im Moment nämlich Sendepause. Und das hat Junia verbockt, wenn du es genau wissen willst.«

Mama lässt die Gabel, die sie gerade in ihren Nudelsalat tauchen wollte, sinken und sieht mich bestürzt an.

»Aber das ist ja …«

Weiter kommt sie nicht, weil ich mich nun schluchzend um ihren Hals fallen lasse und sie alle Hände voll zu tun hat, ihren Teller rechtzeitig in Sicherheit zu bringen und mich in ihre Arme zu schließen.

»Ach, Mäuschen. Ach, mein armes Mäuschen«, murmelt sie, übersät mein Haar mit Küssen und drückt mich fest an sich. »Das tut mir leid. Das tut mir wirklich leid. Für Cobi und dich und für Junia und dich. Aber Miriam«, sagt sie dann plötzlich sehr energisch. »Ich weiß zwar nicht, was zwischen euch vorgefallen ist, ich bin allerdings fest davon überzeugt, dass sich das alles klären lässt. Cobi und du, ihr seid nun schon so lange zusammen, ihr werdet doch wohl miteinander reden können! Und du und Junia eigentlich auch.«

»Nein, Mama, nein«, jaule ich in ihre Halsbeuge. »Junia hat Cobi nur Lügen über mich erzählt. Ich hasse sie. Ich hasse sie so sehr.«

»Das tust du nicht«, erwidert meine Mutter, während sie mir sanft über den Rücken streichelt. »Du hast sie viel zu gern, um sie zu hassen.«

Ich schniefe und schluchze und bringe keinen Ton heraus.

»Als Erstes redest du mit Cobi«, sagt Mama.

»Das geht nicht«, jammere ich. »Er ist nämlich verschwunden.«

»Wie bitte?« Meine Mutter schiebt mich ein wenig zur Seite, damit sie mir ins Gesicht sehen kann. »Verschwunden? Was soll das heißen?«

»Er meldet sich nicht und heute war er auch nicht in der Schule.«

»Hm, na ja, vielleicht ist er krank.«

»Das hab ich zuerst auch gedacht«, schniefe ich, nehme die Hände von ihrem Hals und drücke mir nun das Kuschelkissen gegen die Brust. »Aber inzwischen glaube ich das nicht mehr. Vorhin haben mich nämlich ein paar Jungs von seinem Handy aus angerufen und sich über mich lustig gemacht. Bestimmt haben sie es ihm geklaut.«

»Du meine Güte.« Meine Mutter stößt einen langen Seufzer aus. »Was ist das nur für ein Durcheinander!« Sie verpasst ihrem Nudelteller einen kleinen Stupser, so als ob er an allem schuld wäre.

»Junia weiß übrigens, was mit ihm los ist«, presse ich hervor. »Aber sie will es mir nicht sagen.«

»Herrgott noch mal, Miriam, das darf doch alles gar nicht wahr sein!«, erwidert Mama und steht vom Sofa auf. »Ich schaue jetzt mal nach, ob Sabine daheim ist, und dann machen wir einen Familienrat.«

»Nein!«, rufe ich. »Das möchte ich nicht. Ihr sollt euch da nicht einmischen. Es ist nämlich ganz allein Junias und meine Sache.«

Meine Mutter sieht mich an und einen Moment lang scheint sie unschlüssig zu sein, doch dann lässt sie sich langsam wieder aufs Sofa zurücksinken.

»Ja, vielleicht hast du recht«, lenkt sie ein. »Übermorgen ist wieder Training. Wenn Cobi bis dahin nicht zur Schule gekommen ist, wirst du spätestens dann eine Gelegenheit haben, mit ihm zu sprechen und alles richtigzustellen.«

Genau das ist mein Plan und ich kann nur hoffen, dass er aufgeht.

Auf dem Schreibtisch in meinem Zimmer entdecke ich eine Postkarte, die meine Mutter wahrscheinlich schon heute Vormittag dorthin gelegt hat, die ich aber in der ganzen Hektik übersehen habe.

Sie ist von Diana Krähenhorst und allein der Anblick ihrer vertrauten Handschrift beschert mir ein warmes Gefühl in der Brust. Die gute alte Krähe! Sie fehlt mir so. Natürlich hat mich auch das Gespräch mit Mama ein wenig getröstet, aber das ist nicht das Gleiche. Diana Krähenhorst besitzt die geniale Fähigkeit, die Dinge aus ganz unterschiedlichen Perspektiven zu betrachten und immer die richtigen Ratschläge zu geben. Inzwischen muss ich schon fast ein halbes Jahr ohne sie auskommen, und das ist verdammt hart.

Wehmütig betrachte ich das Foto, das einen Ausschnitt des Piedmont Parks in Atlanta zeigt, der Hauptstadt von Georgia, wo Diana Krähenhorsts Tochter mit ihrer Familie lebt. Schließlich drehe ich die Karte um und lese:

Meine liebe Miriam,

ich hoffe, es geht Dir gut. Du weißt ja, dass Du mir auch jetzt jederzeit all Deinen Kummer schreiben kannst, nicht wahr? Ich werde Dir antworten, so schnell ich kann.

Ich habe inzwischen halb Georgia kennengelernt und allmählich zieht es mich wieder heim. Ich fürchte nur, dass Mary-Ann mich gar nicht mehr gehen lassen will, und deshalb spukt mir schon seit ein paar Wochen eine ganz verrückte Idee im Kopf herum. Aber davon erzähle ich Dir mehr, sobald sich zeigt, ob es sich nur um ein Hirngespinst handelt oder ob aus dieser Idee auch ein richtiger Plan werden könnte.

Wie auch immer, spätestens im September komme ich nach Deutschland zurück. Der Flieger ist bereits gebucht und das Personal im Altenheim gewarnt ;-). Ich freue mich schon jetzt riesig darauf, Dich wieder in meine Arme schließen zu können.

Ganz liebe Grüße von Deiner treu ergebenen

Diana Krähenhorst.

Ich lese mir den Text dreimal hintereinander durch. Mit jedem Mal geht es mir ein bisschen besser und plötzlich bin ich sehr zuversichtlich, dass ich alle meine Probleme in den Griff bekommen werde. Dafür muss ich der Krähe gar nicht schreiben, es reicht vollkommen zu wissen, dass sie an mich denkt.

Ich stelle die Karte mit dem Bild nach vorn in mein Regal, sodass ich es von meinem Bett aus betrachten und mir vorstellen kann, wie die Krähe in ihrem Rollstuhl durch den Piedmont Park düst und dabei wilde Pläne schmiedet.

Anschließend hole ich Angelo aus seiner Kiste und mache es mir mit ihm eine Weile auf meinem Fransenteppich gemütlich. Er fiepst mir die Ohren voll – klar, er hat ja eine ganze Menge erlebt und deshalb auch viel zu erzählen.

Ich lausche seinen »Worten«, streichele ihm das Fell und gestatte ihm sogar einen kleinen, aber kontrollierten Erkundungsgang durch mein Zimmer, bevor ich ihn wieder in sein Reich zurücksetze.

Nachdem ich meine Hausaufgaben erledigt habe, klingele ich noch mal bei Doreen an.

»Passt ja perfekt«, sagt sie. »Rasmus ist vor einer Sekunde gegangen.«

»Du hast es gut«, seufze ich. »Ich habe noch immer nichts von Cobi gehört.«

In ausführlichen Sätzen erzähle ich ihr alles, was sich in der Zwischenzeit ereignet hat, nur mein Treffen mit Harper lasse ich aus. Denn ich möchte unbedingt vermeiden, dass Doreen sich da jetzt auch noch reinhängt. Inzwischen bin ich mir absolut sicher: Harper und Joey kann man nicht mit der Brechstange verkuppeln. Im Gegenteil: Es erfordert sehr viel Fingerspitzengefühl und daran mangelt es Doreen manchmal leider ein wenig.

»Weißt du, was ich glaube?«, sagt sie, als ich am Ende meines Berichts angelangt bin. »Das Ganze ist ein riesengroßes Missverständnis.«

»Das sagen alle«, brumme ich. »Aber das ist mir zu einfach. Du weißt doch selbst, wie Junia ist.«

»Nee, weiß ich eben nicht«, brummt Doreen. »Eigentlich bin ich immer gut mit ihr ausgekommen. Und Joey ebenfalls.«

»Was soll das denn heißen?«, brause ich auf. »Ich dachte, wir sind uns einig, dass Junia die Spielverderberin ist.«

»Hm«, macht Doreen. »Hmm, hmmm …«

Ich frage mich, ob sie nachdenkt oder gerade auf einem Stück Nussschokolade herumlutscht, und auf einmal reißt mir die Hutschnur.

»Bleibt es denn eigentlich bei unserem Treffen morgen oder nicht?«, blaffe ich sie an.

»Klar bleibt es dabei«, erwidert Doreen gleichmütig. »Morgen Nachmittag um halb vier vor H&M, wenn du nichts dagegen hast.«

Nee, hab ich nicht. Zumindest nicht, wenn Joey und Doreen klar ist, dass ich nicht nur shoppen, sondern vor allem reden will.

Am nächsten Morgen frühstücken Mama und ich oben bei uns in der Küche. Zuerst denke ich, dass sie es mit Sabine so abgesprochen hat, weil die beiden Erwachsenen keine Lust auf trübe Stimmung haben, aber dann wird mir sehr schnell klar, dass es meiner Mutter um etwas vollkommen anderes geht.

»Hör zu, Miriam, das mit Viktor und mir ist eine ganz lockere Sache«, erklärt sie mir, nachdem sie anderthalb Toastscheiben verdrückt hat und ein bisschen um den heißen Brei herumgeschlichen ist. »Das hatte ich dir gestern Abend eigentlich noch sagen wollen. Ich habe keine Ahnung, ob jemals etwas Festes daraus wird. Das ist übrigens auch der Grund, weshalb ich dir bisher nichts von ihm erzählt habe.«

Ich sehe sie an und verdrehe die Augen, denn ich weiß absolut nicht, wie ich darüber denken, und erst recht nicht, was ich darauf erwidern soll. Das Einzige, was ich sagen könnte, ist, dass es mir nicht gefällt. Weder möchte ich einen seriösen älteren Herrn an ihrer Seite, der mir den

Vater zu ersetzen versucht, noch einen jugendlichen Lover, den ich erst recht nicht einordnen kann.

»Diese Küsserei vor allen Leuten ist einfach nur peinlich«, sage ich schließlich.

»Das empfindest du vielleicht so«, entgegnet Mama. »Weil du mich für eine alte Schachtel hältst ...«

»Quatsch«, sage ich, würge den Rest meiner Marmeladenschnitte hinunter und erhebe mich von meinem Stuhl.

Dabei hat sie schon irgendwie recht.

»Na ja, wie auch immer«, meint sie dann. »Viktor tut mir gut. Ich bin gern mit ihm zusammen.«

»Schon okay«, sage ich lapidar und hauche ihr einen flüchtigen Kuss auf die Wange, bevor ich meinen Rucksack ergreife und mich auf den Schulweg mache.

Im Moment sind mir eh andere Dinge wichtiger. Und bis die sich geklärt haben, steht diese angeblich so lockere Sache zwischen meiner Mutter und Viktor erst einmal unter Beobachtung.

Obwohl ich mich heute wieder sehr beeilt habe, ist Junia diesmal vor mir in der Schule. Als ich den Klassenraum betrete, sitzt sie bereits auf meinem neuen Platz, sodass mir nichts anderes übrig bleibt, als mich neben Tobi niederzulassen, was dieser mit einem Achselzucken hinnimmt.

»Junia wäre mir zwar lieber gewesen«, erklärt er freimütig. »Aber du bist immer noch besser als dieser komische Harper.«

»Vielen Dank«, knurre ich und hole meine Unterlagen heraus.

Heute haben wir in der ersten Stunde Geschichte und die Zeit bis zum Unterrichtsbeginn nutze ich, indem ich an Joey denke und ihr ganz viel Glück und Erfolg bei ihrer Bio-Arbeit wünsche. Mittlerweile wurmt es mich immer mehr, dass ich gestern aus lauter Angst, dass sie sauer auf mich sein könnte, nicht noch mal bei ihr angerufen habe.

Verdammt, sie ist meine beste Freundin. Wenn ich mit ihr nicht über alles reden kann – mit wem sonst?

Bestimmt war sie bloß wegen dieser blöden Arbeit so angespannt und konnte sich deshalb nicht richtig auf mich und meinen Trouble mit Junia einlassen.

Lass es gut sein, Miri, sage ich mir und wische alle dummen Gefühle und Gedanken weit fort.

Heute Nachmittag, sobald ich von Angesicht zu Angesicht mit Joey und Doreen sprechen kann, wird sich alles klären. Gemeinsam werden wir, Junia betreffend, eine Lösungfinden und dann bleibt nur noch Cobi. Ach Mensch, es wäre so toll, wenn ich ihm jetzt einfach in einer SMS mitteilen könnte, dass ich Harper doch treffen wollte, aber nur, weil Joey sich in ihn verguckt hat. Aber leider kann ich mir nicht sicher sein, ob sie auch wirklich bei ihm ankommt oder womöglich wieder von diesen Blödhammeln gelesen wird.

Gleich nachher, sobald ich zu Hause bin, werde ich ihm das über *Kidchat* schreiben. Vielleicht geht er ja doch noch mal irgendwann online und sieht es. Ansonsten bleibt mir tatsächlich nur noch das Training morgen.

Zu Beginn der Geschichtsstunde ist Harper nicht da und nach der ersten großen Pause fehlt er noch immer. Ich denke an unser Gespräch gestern und daran, dass er es plötzlich so eilig hatte, von mir wegzukommen. Allmählich frage ich mich ernsthaft, ob dieser seltsame Schwund an Leuten und Meerschweinchen um mich herum reiner Zufall ist oder doch eher in ganz direkter Weise etwas mit mir zu tun hat. – Mit mir und Junia?

Vielleicht ist ja unser Haus in der Schillerstraße irgendwie verhext und belegt jeden im Alter zwischen zehn und zwanzig Jahren mit einem Fluch. So jedenfalls ließe es sich erklären, warum Mama und Sabine davon – zumindest bisher – verschont geblieben sind.

Jetzt dreh mal nicht gleich durch, Miri, ermahne ich mich. Du hast noch nie an einen solchen Hokuspokus geglaubt und wirst auch jetzt nicht damit anfangen.

Vielleicht hat Harper einfach über Nacht beschlossen, gar nicht mehr zur Schule zu gehen und sich lieber von einem Privatlehrer unterrichten zu lassen, so wie es die meiste Zeit über ja ohnehin der Fall ist.

Auch Quatsch, Miri, sage ich mir. Es muss andere Gründe geben und die gilt es herauszufinden. Puh-ha! Vielleicht hat Mama doch recht und ich bin tatsächlich die geborene Privatdetektivin. Bisher allerdings ohne durchschlagenden Erfolg.

Von Junia schnappe ich ein paar finstere Blicke ein, vermeide es aber, sie zu erwidern, sondern gucke jedes Mal ruckartig weg. Keine Ahnung, was sie denkt, und ich will es auch gar nicht wissen.

In der letzten Stunde haben wir Sport und danach mache ich, dass ich so schnell wie möglich nach Hause komme. Zu meiner Überraschung ist Sabine da und hat sogar etwas zu Mittag gekocht. Ihr Angebot, mit ihr und Junia zu essen, lehne ich aber ab und nehme mir stattdessen einen Teller voll Gemüsereis mit in mein Zimmer.

Zuerst vergewissere ich mich, dass Angelo ausreichend mit Wasser und Körnern versorgt ist, dann fahre ich meinen Laptop hoch und fange an zu essen.

Ich logge mich bei *Kidchat* ein und schreibe Cobi die geplante Nachricht:

Cobi, Cobi, ich habe einen schrecklichen Fehler gemacht. Junia hat recht: Es stimmt, dass ich Harper treffen wollte. Joey findet ihn gut und ich wollte mit ihm über sie reden. Bitte, das musst du mir glauben. Und melde dich endlich! Ich drehe noch durch, wenn ich nicht bald etwas von dir höre. Ich weiß ja nicht mal, warum du nicht mehr zur Schule kommst.
Deine Miri, Miri

Danach schnappe ich mir mein Handy und rufe Harpers Nummer auf. Es dauert allerdings eine Weile, bis er sich meldet.

»Ja, hallo? Wer ist denn da?«

»Ich, Miriam«, sage ich.

Er antwortet nicht gleich.

»Miriam?«, sagt er schließlich. »Ach so.«

Komisch, durchzuckt es mich. Als ob er sich gar nicht an mich erinnern würde! Dabei ist unser gestriges Date noch nicht einmal 18 Stunden her.

»Was ist los mit dir? Warum warst du heute nicht in der Schule?«

»Öh … das ging nicht«, druckst er. »Ich konnte nicht. Es gibt hier so viel zu tun.«

»Aber deine Eltern können dich doch nicht die ganze Zeit über arbeiten lassen«, entgegne ich empört.

»Ach, das ist schon okay«, erwidert Harper.

»Na ja, wenn du meinst«, sage ich. »Und was ist mit Morgen?«

»Keine Ahnung … ähm, Miriam … Das Beste ist, du rufst gar nicht mehr an. Okay?«

Nicht okay, denke ich, doch ehe ich etwas erwidern kann, hat er sich bereits ausgeklinkt.

»Verdammt noch mal, Harper, was war das denn jetzt für eine Nummer?«, pflaume ich mein Handy an und formuliere das Gleiche gleich noch mal in einer SMS.

Verdammt noch mal, harper, was war das denn für eine nummer?

Du bist vielleicht der auslöser für meinen ganzen ärger, aber du bist nicht schuld.
Ich kriege das alles schon wieder hin.
Auf jeden fall würde ich gerne mit dir befreundet bleiben.
Du ziehst zwar dauernd durch die weltgeschichte, aber du kommst doch auch immer wieder mal hierher.
Ich mag dich echt gern.
Miriam

Ich hoffe auf eine schnelle Antwort, aber leider bekomme ich sie nicht. Also futtere ich meinen Gemüsereis auf und stelle den Teller und die Gabel in unsere Spülmaschine. Anschließend sammele sämtliche Schälchen und Näpfe, die ich für Angelo aufgestellt hatte, ein und schütte das Wasser ins Klo und die Futterkörner in die Packung zurück.

Bei der Gelegenheit werfe ich einen Blick in Sabines Schuhschrank und stelle erstaunt fest, dass es nicht eine einzige Stelle gibt, durch die Angelo sich hätte hindurchquetschen können – es sei denn, die untere Klappe hätte aufgestanden. Viel wahrscheinlicher aber ist, dass Junia ihn in Wahrheit ganz woanders gefunden hat. Ich frage mich bloß, warum sie mir dann das Märchen mit dem Schuhschrank aufgetischt hat.

Lautlos mache ich ein paar Schritte in Richtung Küche und lausche auf Junias und Sabines Unterhaltung.

»Warum schreibst du Miriam nicht einfach einen Brief?«, schlägt Sabine gerade vor. »Darin könntest du alles noch mal ganz ausführlich erklären. Ich bin sicher, Miriam leidet genauso unter eurem Streit wie du.«

»Tut sie nicht«, erwidert Junia. »Sie kann mich überhaupt nicht verstehen. Vor allem aber will sie nicht zugeben, dass ich recht habe. Dabei weiß ich, dass sie Cobi hintergeht.«

Oaah, da hört sich ja wohl alles auf! Wie kann sie Sabine nur so einen Mist erzählen! Innerhalb von Sekundenbruchteilen koche ich derartig vor Wut, dass mein Gehirn völlig zugeschäumt ist und ich nicht mehr klar denken kann.

»Du hinterhältige Qualle!«, brülle ich und stürme in die Küche. »Warum verbreitest du so gemeine Lügen über mich? Ich würde Cobi niemals hintergehen.«

»Ach, du willst doch bloß nicht, dass es rauskommt«, brummt Junia und blickt mich aus ihren blöden glasigen Augen trotzig an.

»Keine Ahnung, wovon du redest. Echt nicht!«, blaffe ich.

»Schon klar«, sagt Junia mit ziemlich wackliger Stimme. »Wenn ich eine hinterhältige Qualle bin, bist du eine scheinheilige Kuh.«

»Mädchen … bitte …« Sabine hebt die Hände und sieht erschrocken zwischen uns beiden hin und her. »Geht das nicht auch ein kleines bisschen sachlicher?«

»Nee«, sage ich, stapfe aus der Küche und die Treppe hinauf in mein Zimmer zurück.

Ich hänge das Schild mit dem Aufdruck *Bitte nicht stören* an meine Tür und drehe den Schlüssel herum.

Als Erstes schaue ich bei *Kidchat* nach, dann checke ich meine Handy-Eingänge, aber weder Cobi noch Harper haben eine Nachricht geschickt. Missmutig mache ich mich an die Hausaufgaben, kann mich jedoch weder auf die Matheaufgaben noch den Text im Geschichtsbuch über Karl den Großen konzentrieren. Kurz entschlossen schiebe ich das Ganze auf heute Abend und mache mich auf den Weg in die Innenstadt.

Natürlich bin ich zu früh und so nutze ich die halbe Stunde bis zu Doreens und Joeys Eintreffen, um noch einmal einen Blick zu Mama in den Laden zu werfen.

Doch zu meiner großen Verwunderung treffe ich dort nicht Viktor an, sondern meinen Vater, der in allerschönster Eintracht mit meiner Mutter bei einer Tasse Kaffee zusammensitzt und in einem Möbelkatalog blättert. Fehlte nur noch, dass Martina ebenfalls hier auftaucht und sich dazugesellt!

»Hallo, Miriam!«, freut Papa sich. »Was für eine schöne Überraschung!«

Zur Begrüßung nimmt er mich in den Arm, während Mama im Nebenraum verschwindet und ein Glas Orangensaft für mich holt. Tja, und dann sitzen wir drei beieinander und quatschen. Ich erzähle von der Schule und von Angelos Abenteuer, Mama von ihrem Laden und Papa von seinen Plänen, ein kleines Haus für Martina und sich zu kaufen.

Es ist ein ziemlich komisches Gefühl, so einträchtig

mit meinen getrennten Elternteilen zusammenzuhocken, denn das hat es schon ewig nicht mehr gegeben. Mir wird ein bisschen wehmütig ums Herz, weil es so vertraut ist, gleichzeitig aber auch neu und fremd. Auf alle Fälle bin ich total froh, dass Mama und Papa nicht zerstritten sind wie viele andere geschiedene Eltern, sondern offensichtlich sogar wieder richtig gut miteinander auskommen.

Über das Gequassel mit ihnen vergesse ich komplett die Zeit, und als ich irgendwann einen Blick auf meine Armbanduhr werfe, stelle ich erschrocken fest, dass es bereits zehn vor vier ist.

»Oje, ich habe Joey und Doreen versetzt!«, rufe ich und springe aus dem Sessel. »Sie warten schon seit über einer Viertelstunde vor H&M auf mich.«

»Du meinst *bei* H&M«, meint Mama grinsend. »Na ja, ich denke, sie kommen dort auch eine Weile ohne dich zurecht.«

Wie recht sie damit hat, stelle ich geschlagene zwanzig Minuten später fest, nachdem ich sämtliche Etagen und Abteilungen bei H&M mehrmals nach meinen Freundinnen abgesucht habe und schließlich und endlich Doreen mit einem Klamottenstapel über dem Arm in einer der langen Schlangen vor den Umkleidekabinen entdecke.

»Gut, dass du da bist«, sagt sie und drückt mir stöhnend

die Klamotten gegen die Brust. »Hier, halt mal. Ich muss ganz dringend aufs Klo.«

Moment mal –

»Und wo ist Joey?«, frage ich.

»Keine Ahnung«, ruft Doreen im Wegrennen. »Ich beeil mich.«

»Toll«, murmele ich. »Ganz toll.«

»Dann kannst du uns ja vorlassen«, sagen die beiden Mädchen, die hinter mir stehen.

»Bitte schön«, brumme ich.

Außer ihnen gebe ich noch fünf weiteren Mädchen und Frauen den Vortritt, bis mir der Klamottenstapel zu schwer wird.

Ich ergattere eine der vorderen Kabinen, hänge die Sachen an den Haken und tätige schon mal eine kleine Vorauswahl. Die Bluse mit den großen bunten Quadraten drauf ist nämlich garantiert nichts für Doreen. Zu mir würde sie allerdings ganz gut passen, und weil ich eh nichts Besseres zu tun habe, probiere ich das gleich mal aus.

»Steht dir nicht«, verkündet Doreen, die just in dem Augenblick, als ich in die Bluse hineinschlüpfe, den Vorhang aufreißt und mich der Öffentlichkeit preisgibt.

Hastig ziehe ich den Vorhang wieder zu und brumme: »Sie ist mir bloß zu groß.«

»Quatsch«, erwidert Doreen. »Das ist Größe M.«

»Eben. Normalerweise habe ich XS.«

»Ach, das bildest du dir doch bloß ein«, sagt sie, während sie ihre Jeans abstreift und in eine knallgrüne Leggins schlüpft. »XS ist eine reine Kindergröße.«

»Klar, und du bist ja schon erwachsen«, gebe ich zurück, ziehe die Bluse aus und mein T-Shirt wieder an.

Doreen winkt ab und betrachtet sich kritisch im Spiegel. »Irgendwie ganz cool, oder? Leider kneift sie ein bisschen in der Taille.«

»Dann brauchst du wohl L«, sage ich. »Oder besser gleich XL.«

Doreen zieht eine Flappe. »Wieso bist du neuerdings so gemein?«, jault sie. »Als ob ich nicht selber wüsste, dass ich zu fett bin!«

»Schsch«, zische ich und presse mir einen Finger auf den Mund. »Das müssen ja nicht gleich alle mitkriegen.«

»Und wenn schon«, brummt Doreen. »Rasmus mag mich so, wie ich bin.«

»Ich doch auch«, sage ich und pikse ihr mit dem Finger in den Oberschenkel. »Trotzdem …«

»… sollte ich es bei einem Riegel Vollmilch-Nuss in der Woche belassen«, führt sie meinen Satz zu Ende. »Oder bei einem Eis. Ich weiß.« Sie verdreht die Augen und lässt sich in meine Arme fallen. »Es fällt mir nur so verdammt schwer. Kannst du das denn gar nicht verstehen?«

»Doch«, sage ich. »Und meinetwegen darfst du auch aufgehen wie ein Hefekloß. Ich weiß aber, dass du dich dann furchtbar über dich selber ärgern würdest, und das muss doch nicht sein, oder?«

»Ach, Miri«, seufzt Doreen und drückt mir einen Schmatzer auf die Schulter. »Du bist die Beste, weißt du das?«

»Da bist du im Moment aber die Einzige, die das findet«,

gebe ich seufzend zurück. »Es kommt mir eher so vor, als ob alle gegen mich wären. Joey zum Beispiel …«

Weiter komme ich nicht, denn in derselben Sekunde dudelt mein Handy los. Hektisch krame ich es hervor und sehe Joeys Nummer auf dem Display blinken.

»Wenn man vom Teufel spricht …«, murmele ich, stelle die Verbindung her und rufe: »Mensch, Joey, wo steckst du denn?«

»Ich kann mir kaum vorstellen, dass dich das interessiert«, fährt sie mich an. »Dafür weiß ich, wo du gestern Nachmittag gewesen bist.« Ihre Stimme fängt an zu zittern. »Ehrlich, Miri, das hätte ich nie von dir gedacht. Aber Junia hat schon recht. Du gönnst keiner von uns was.«

Ich kann nicht glauben, was ich da höre. Wut und Verzweiflung brechen gleichzeitig in mir hervor und verhaken sich so fest ineinander, dass ich kein Wort herauskriege. Und als ich schließlich »Sag mal, hast du sie noch alle!« in mein Smartphone brülle, ist Joey längst nicht mehr in der Leitung.

»Was ist denn jetzt schon wieder los?«, fragt Doreen, die die grünen Leggins inzwischen gegen eine gelbe Chino-Hose getauscht hat. »Wieso hat Joey sie nicht mehr alle?«

»Ach, verdammt«, stoße ich aus und lasse mich rücklings gegen die aufgehängten Klamotten fallen. »Junia hat mir hinterherspioniert und wahrscheinlich herausgefunden, dass ich mich gestern mit Harper getroffen habe. Sie denkt, dass ich in ihn verknallt bin, und damit hat sie nicht nur Cobi völlig kirre gemacht, sondern jetzt auch noch Joey. Dabei wollte ich ihn doch bloß ein bisschen näher kennenlernen, um herauszufinden, ob er überhaupt gut für Joey ist.«

Ein paar der Kleiderbügel lösen sich vom Haken und Blusen, Shirts und Hosen fallen mir über das Gesicht.

»Oje, oje, du scheinst ja wirklich gerade im Chaos zu versinken«, meint Doreen mitfühlend. Sie befreit mich von den Klamotten und küsst mich auf die Nasenspitze. »Aber keine Panik, das kriegen wir schon wieder hin. Ich habe da nämlich so eine Idee. Aber dazu musst du mir erst einmal ein paar Dinge über diesen Harper erzählen.«

Doreens Idee ist wirklich gut. Ganz simpel, aber genial. Eigentlich hätte ich auch selbst darauf kommen können. Natürlich ist sie nicht die Lösung für alle meine Probleme, aber zumindest für das mit Joey.

Junia lassen wir erst mal außen vor. Was sie betrifft, ist Doreen inzwischen glücklicherweise mit mir einer Meinung. Junia spinnt total und es wird höchste Zeit, dass wir ihr endlich mal unseren Standpunkt klarmachen. Aber um das tun zu können, müssen wir auch Joey überzeugen und auf unsere Seite ziehen.

»Nicht du bist hier die blöde Kuh, die alle an der Nase herumführt, sondern Junia ist es«, sagt Doreen, nachdem sie sich für eine orangefarbene Tunika entschieden hat und wir die restlichen Klamotten zurückgehängt haben.

Zum Abschied drückt sie mich noch einmal fest und mir wird dabei ganz warm ums Herz. Doreen ist wirklich eine treue Seele. Im Grunde ist sie sogar die Einzige, auf die ich mich bisher fast immer hundertprozentig verlassen konnte, und mittlerweile verstehe ich selbst nicht mehr, warum ich in ihr immer bloß eine Freundin zweiter Klasse gesehen habe.

So wie ich es geplant habe, fahre ich am Mittwochnachmittag zum Fußballtraining und komme absichtlich ein paar Minuten zu spät, damit ich Cobi nicht schon im Vereinsheim begegne, sondern mich beim Kicken langsam an ihn herantasten kann. Je länger nämlich die Funkstille zwischen uns anhält, desto mehr Angst habe ich, ihm unter die Augen zu treten. Vielleicht liebt er mich gar nicht mehr richtig und die Geschichte mit Harper ist ein willkommener Anlass für ihn, mit mir Schluss zu machen.

In den letzten Tagen hatte ich nun echt Zeit genug, darüber nachzudenken, und inzwischen halte ich dies für die wahrscheinlichste Variante. Bestimmt ist es das, was Cobi mir am Sonntag sagen wollte. Zuerst Kino, dann Döner und danach dann Schluss mit lustig.

Ich könnte sofort losheulen, wenn ich mir das vorstelle, und außerdem die Wut kriegen bei dem Gedanken, dass Cobi letztendlich doch zu feige war, das Ding bis zum Ende durchzuziehen. Stattdessen verschwindet er klammheimlich aus meinem Leben, indem er sich einfach nicht mehr meldet, ja sogar die Schule wechselt – und womöglich auch noch den Fußballverein, durchzuckt es mich, als ich meinen Blick über die Trainingswiese gleiten lasse und ihn nirgendwo entdecke.

»Hallo Miriam!«, ruft Herr Diebutz mir zu. »Schön, dass du auch noch kommst. Beeil dich bitte ein bisschen mit dem Umziehen, du weißt ja, dass wir am Sonntag ein wichtiges Spiel haben!«

Und dies unser letztes Training ist … jaja …

Weil ich mir aber nicht auch noch Ärger mit ihm einhandeln will, schalte ich einen Gang höher und sehe zu, dass ich in meine Fußballklamotten komme.

Richtig bei der Sache bin ich allerdings nicht. Für Liegestütze und Kniebeugen fehlt mir die Kraft, bei der Platzrunde die Puste, beim Dribbeln die Konzentration, beim Flanken die Genauigkeit und beim Torschusstraining die Treffsicherheit.

Saskia und Christine werfen mir schon ganz komische Blicke zu, und als sie und meine übrigen Mannschaftskameraden am Ende der Trainingseinheit zum Vereinshaus laufen, nimmt Herr Diebutz mich noch kurz zur Seite.

»Meine Güte, Miriam«, sagt er. »Was ist denn nur los mit dir?«

»Keine Ahnung«, erwidere ich schulterzuckend. »Ist wahrscheinlich nicht mein Tag.«

»Tja.« Herr Diebutz sieht mich bedauernd an. »Nach deiner Leistung heute bleibt mir nichts anderes übrig, als dich am Sonntag erst mal auf die Ersatzbank zu setzen. Das Spiel ist einfach zu wichtig, um …«

»Schon okay«, falle ich ihm ins Wort. »Ich höre sowieso auf.«

Auf ein reines Mädchenteam habe ich nämlich keine Lust und ohne Cobi bringt mir Fußball sowieso keinen Spaß mehr.

Herr Diebutz mustert mich kopfschüttelnd.

»Ich hoffe, du überlegst dir das noch«, entgegnet er und zwinkert mir aufmunternd zu. »Nur weil du mal einen schlechten Tag hattest, musst du doch nicht gleich deine Karriere an den Nagel hängen.«

»Wieso nicht?«, gebe ich zurück. »Ich darf ja auch nicht spielen … und das, obwohl ich *nur* mal *einen* schlechten Tag hatte.«

Darauf weiß er nichts mehr zu sagen und ich nutze die Gelegenheit, mich rasch zu verabschieden und mich ebenfalls in Richtung Umkleideräume zu trollen.

Unterwegs kommt mir Pablo entgegen, allein und in voller Fußballmontur.

»Was machst du denn hier?«, frage ich verwundert. »Hast du nicht normalerweise dienstags und donnerstags Training?«

Pablo nickt. »Ja, eigentlich schon. Herr Diebutz hat mich herkommandiert«, meint er grinsend. »Er will irgendwas mit mir besprechen … und wohl auch ein paar Übungen mit mir machen«, fügt er schulterzuckend hinzu.

»Vielleicht sollst du am Sonntag schon mitspielen«, spekuliere ich.

»Du meinst, als Ersatz für Cobi?«, erwidert Pablo stirnrunzelnd.

Mir rast ein eiskalter Schauer über den Rücken und mein eben noch ruhiger Herzschlag geht in rasenden Galopp über.

»Wieso?«, hauche ich.

Pablo mustert mich irritiert. Klar wundert er sich, dass ich nicht Bescheid weiß. Doch leider fühle ich mich gerade überhaupt nicht in der Lage, ihn darüber aufzuklären. Ich bin schon froh, dass ich überhaupt etwas über die Lippen bekomme.

»Also, Herr Diebutz hat mir gesagt, dass Cobi am Sonntag wahrscheinlich noch nicht fit genug ist«, sagt Pablo schließlich und zuckt abermals mit den Schultern.

Also ist er tatsächlich krank, denke ich erschrocken. Oder er hat sich verletzt. Und ich – seine Freundin! – bin offenbar die Einzige, die nichts davon weiß.

Natürlich könnte ich Pablo weiter ausquetschen oder auch Herrn Diebutz fragen, aber *die* Blöße will ich mir dann doch nicht geben.

»Das ist gut möglich«, presse ich also mühsam heraus, warte einen Moment, bis Pablo die Fußballwiese erreicht hat, flitze dann in den Umkleideraum und ziehe mich in fliegender Hast um.

Saskia, Christine und die anderen Mädchen aus meiner Mannschaft stehen alle noch unter der Dusche, sodass ich zum Glück niemandem Rechenschaft über meinen überstürzten Abgang geben muss.

Sobald die Vereinsanlage außer Sichtweite ist, krame ich mein Handy hervor und wähle Cobis Festnetznummer. Auch diesmal tutet es unendlich lange und ich fürchte schon, dass sich wieder niemand meldet, da ertönt plötzlich die Stimme von Cobis Mutter.

»Ja bitte? Wer ist denn da?«

»Ich bin es, Miriam«, sage ich.

»Oh…« Sie stutzt. »Dann hast du dich bestimmt verwählt.«

»Ähm…?«

Was? Nein!, will ich schon rufen, da sagt sie bereits:

»Entschuldige bitte, aber ich bin gerade auf dem Sprung. Cobis Handynummer hast du ja. Also, Miriam… bis dann.«

»Ja, bis dann«, murmele ich. »Tschüss.«

Ich lasse das Smartphone ins Seitenfach meines Rucksacks zurückgleiten und laufe weiter. Erst mal nach Hause. Duschen, in Ruhe nachdenken und eventuell noch mal mit Doreen telefonieren. Vielleicht hat sie ja *noch* eine geniale Idee.

Leise stecke ich den Schlüssel ins Schloss und ebenso leise drehe ich ihn herum. Ich drücke die Haustür lautlos auf und luge in den Flur. Mein Bedürfnis, Sabine oder gar Junia zu begegnen, liegt momentan weit unter null und segensreicherweise ist keine von beiden zu sehen.

Ich will gerade in Richtung Treppe huschen, da ertönt Junias zornige Stimme aus ihrem Zimmer zu mir heraus.

»Vergiss es, Mama! Ich geh da nicht hin!«

Aus den Augenwinkeln sehe ich, dass ihre Tür sperrangelweit offen steht, und jetzt höre ich auch Sabine.

»Ich verstehe nicht, wie man so stur sein kann«, sagt sie. »Miriam wird ganz bestimmt nicht Nein sagen. So eine Kirmes bringt eine Menge Spaß und lässt euch euren Streit vielleicht vergessen.«

»Das glaubst du doch wohl selber nicht«, erwidert Junia. »Sie hat sich ja noch nicht mal erweichen lassen, als ich ihr Angelo wiedergebracht habe.«

»Wiedergebracht?«, fragt Sabine überraschend scharf. »Ich dachte, du hast ihn gefunden.«

»Hab ich ja auch«, sagt Junia kleinlaut.

»Im Schuhschrank?«, vergewissert Sabine sich.

»Ja, Mama.« Junia stöhnt. »Das weißt du doch.«

»Schon. Ich frage mich allerdings, wie er überhaupt dorthinein geraten ist.«

»Woher soll ich das denn wissen?«, knurrt Junia. »So ein Schuhschrank hat doch jede Menge Schlitze.«

»Das ist richtig«, entgegnet Sabine. »Bei unserem befinden sich diese Schlitze allerdings in den Klappenbeschlägen … Und soll ich dir mal was sagen, mein Mädchen?« Sabine macht eine bedeutungsvolle Pause. »Sie sind verdammt schmal. Da passt nicht einmal eine Maus durch.«

Ich atme geräuschvoll aus und merke erst jetzt, dass ich die ganze Zeit vor lauter Anspannung die Luft angehalten habe. Langsam bewege ich mich auf Junias Zimmer zu, in dem es nun erschreckend still geworden ist.

»Ich habe ihm doch nichts getan«, sagt Junia plötzlich

mit weinerlicher Stimme. »Er hat Wasser und Körner bekommen, ich habe ihn gestreichelt und ...«

»Warum?«, fährt Sabine dazwischen und auch ihre Stimme klingt alles andere als fest. »Ich verstehe dich nicht. Wie konntest du Miriam das bloß antun?«

»Ich weiß nicht, Mama, ich ... ich ...«, stammelt Junia.

Dann fängt sie bitterlich an zu weinen.

»Ich möchte, dass du ihr das beichtest«, sagt Sabine.

»Ja, Mama«, schluchzt Junia.

»Und sie um Entschuldigung bittest ... Haben wir uns verstanden?«

»Jahahhahahaaa«, heult Junia.

Es klingt so furchtbar herzzerreißend, dass meine aufkommende Wut darüber, dass sie sich Angelo geschnappt und offensichtlich einen ganzen Tag lang in ihrem Zimmer versteckt hat, im Keim erstickt wird, und für den Bruchteil einer Sekunde verspüre ich sogar den Drang, zu ihr zu laufen, sie in die Arme zu schließen und ihr auf der Stelle alles zu verzeihen.

Doch einen Atemzug später habe ich mich bereits wieder unter Kontrolle.

Ich renne tatsächlich in ihr Zimmer, allerdings nicht, um Mitleid über sie auszuschütten, sondern um ihr meinen ganzen Frust um die Ohren zu schleudern.

»Du bist wirklich das Allerletzte!«, schnauze ich sie an. »Hast du überhaupt eine Ahnung, was für eine Angst ich um Angelo gehabt habe?«

Sabine steht ganz still neben mir. Sie ist ebenso aschfahl im Gesicht wie Junia, die sich wieder bis zur Nasenspitze unter ihrer Bettdecke verkrochen hat und mich aus rot geheulten Augen jammervoll anguckt.

»Es tut mir leid, Miri«, schnieft sie. Ihr Körper wird von Heulkrämpfen geschüttelt und der Rotz, der ihr aus der Nase läuft, sickert langsam in den Deckenüberzug. »Ich verspreche dir, ich mach das wieder gut. Ehrlich.«

»Das kannst du gar nicht«, sage ich und nun schießen auch mir die Tränen in die Augen. »So viel, wie du kaputt gemacht hast … Das kannst du vergessen.«

Ich habe es kaum ausgesprochen, da sause ich auch schon herum und eile ebenfalls heulend die Treppe hinauf. Mit einem lauten Knall schmeiße ich die Tür hinter mir zu und drehe den Schlüssel um. Dann schnappe ich mir den fiependen Angelo aus der Kiste, lasse mich mit ihm im Arm auf mein Bett fallen und heule. Heule. Heule.

Es dauert eine Weile, bis ich mich wieder beruhigt habe. Mein Kopfkissen und Angelos Fell sind klatschnass von meinen Tränen und mein Gesicht fühlt sich heiß und klebrig an.

Noch nie, in meinem ganzen Leben nicht, hat mich jemals jemand so sehr enttäuscht wie Junia. Nicht einmal Joey hat das damals fertiggebracht.

Die Wut auf Junia ist inzwischen zwar verraucht, aber dafür tut mein Herz unendlich weh. Es will mir einfach nicht in den Kopf, wie sie so etwas Gemeines tun konnte.

Sie weiß doch, wie es ist, wenn man jemanden verliert, den man über alles liebt, denn schließlich ist ihr Vater vor einiger Zeit an Krebs gestorben.

Natürlich kann man ein Meerschweinchen nicht mit einem Menschen vergleichen, aber sie hat mir ja nicht nur Angelo geklaut, sondern mich auch bei Cobi madig gemacht und darüber hinaus noch Joey gegen mich aufgehetzt. Das alles ist so unfasslich, dass ich es gar nicht glauben könnte, wenn ich es nicht gerade am eigenen Leib erleben würde.

»Ach Angi-Baby«, murmele ich. »Du hast ja keine Ahnung.«

Als Antwort ernte ich ein empörtes Fiepen. Angelo fängt an zu zappeln, ein klares Zeichen, dass er keine Lust mehr hat, von mir gekuschelt zu werden. Außerdem findet er sein nasses Fell garantiert furchtbar unangenehm. Also lasse ich Gnade vor Recht ergehen, erhebe mich von meinem Bett, rubbele ihn mit einem T-Shirt trocken und setze ihn in seine Kiste zurück.

Danach mache ich mich an die Hausaufgaben, und als ich die erledigt habe, fühle ich mich stark genug, um mit Doreen zu telefonieren.

Da mein Handy-Guthaben so gut wie abtelefoniert ist, hole ich das Funkteil aus der Station und tippe Doreens Nummer ein.

»Mensch, Miri!«, ruft sie in den Hörer. »Das muss Gedankenübertragung gewesen sein. Ich wollte dich auch gerade anrufen.«

»Gibt's was Neues wegen Joey?«, frage ich sofort.

»Allerdings. Wenn man mal von der Sache mit dir und Harper absieht, hat sie supergute Laune, weil sie in Bio eine Eins minus geschrieben hat. Tja und jetzt möchte sie es genau wissen und will natürlich gleich am Freitag schon hin.«

»Gut«, sage ich. »Je eher, desto besser.«

»Mhmmm«, macht Doreen. »Und sonst?«

»Du wirst es nicht glauben«, erwidere ich. »Aber Angelo war gar nicht im Schuhschrank.«

»Sondern?«

»Junia hatte ihn mit zu sich ins Zimmer genommen.«

»Ja und?«, sagt Doreen. »Sie hat ihn doch sicher nicht gequält oder so.«

»Natürlich nicht!«, rufe ich, völlig perplex darüber, dass man so schwer von Begriff sein kann. »Sie wollte *mir* wehtun… wollte, dass ich Angst um ihn habe, mir Sorgen mache, ihn vermisse«, zähle ich auf, in der Hoffnung, dass wenigstens etwas davon auch bei Doreen eine Gefühlsregung auslöst. In ihren Augen geht es hier ja *nur* um ein Meerschwein.

»Hmmm«, meint sie. »Das ist ja ultrafies.«

Es kommt ein wenig nuschelig rüber.

»Sag mal, futterst du etwa schon wieder Schokolade?«, frage ich, ehrlich bemüht, mir meine Entrüstung nicht anmerken zu lassen. Doreen ist doch wirklich unverbesserlich!

»Nee, Esspapier«, antwortet sie. »Da ist kaum Zucker drin und außerdem schmeckt es eklig. Ich mache das zum Abgewöhnen.«

Ich verdrehe die Augen. Mannomann, Doreen und ihre genialen Einfälle!

»Warum nimmst du nicht gleich ein Papiertaschentuch?«, schlage ich vor. »Da ist überhaupt kein Zucker drin und ich wette mit dir, dass es noch ekliger schmeckt.«

»Das habe ich vor«, erwidert sie. »Wenn die Kirmes vorbei ist und die Versuchungen nicht mehr so groß sind.«

»Ach, Doreen«, sage ich und wieder wird mir ganz warm ums Herz. »Kommt Rasmus eigentlich auch mit?«, frage ich. »Ich meine, am Freitag.«

»Nee, nee, ich gehe erst mal mit Joey allein los«, erklärt sie mir. »Schließlich will sie dir und Harper hinterherspionieren.«

Klar!

»Aber Rasmus ist natürlich in alles eingeweiht«, fährt Doreen fort. »Er wartet auf meinen Anruf und kommt dann später nach. Wenn hoffentlich alles so geklappt hat, wie wir uns das vorstellen.«

»Ja«, sage ich, seufze leise und dann erzähle ich ihr, was ich über Cobi erfahren habe.

»Dann ist er also krank … oder verletzt«, schlussfolgert auch Doreen.

»Tja, das denken alle«, sage ich traurig. »Ich verstehe nur nicht, was mit seinem Handy passiert ist.«

»Vielleicht liegt Cobi im Krankenhaus«, überlegt Doreen. »Und als er auf dem Klo war oder duschen oder bei irgendeiner Untersuchung, haben seine Zimmergenossen sich einen Spaß mit dem Ding erlaubt.«

Das klingt ja alles ziemlich plausibel, trotzdem will mir

nicht in den Kopf, warum er sich nicht meldet. Schließlich habe ich ihm in den letzten Tagen mehr als nur einmal gesagt, dass ich nur ihn liebe und unbedingt mit ihm sprechen muss.

»Vielleicht hat er eine total peinliche Krankheit und will nicht, dass du darüber Bescheid weißt«, spekuliert Doreen weiter.

»Nee, ich glaube eher, dass Junia nicht nur Joey, sondern auch ihm von meinem Treffen mit Harper erzählt hat. Und deshalb hat er jetzt natürlich überhaupt kein Vertrauen mehr zu mir«, jaule ich.

»Ach, Miri«, sagt Doreen nun beinahe zärtlich. »Jetzt mach dir nicht so viele krause Gedanken. Davon kriegt man bloß einen dicken Kopf, graue Haut und tausend Falten.«

Na toll! Wenn das keine super Aussichten sind!

»Das wird schon alles«, fährt sie beschwörend fort. »Du hattest jetzt ein paar echt widerliche Pechtage. Aber du wirst schon sehen: Spätestens am Freitag sind sie vorbei und dann steht das Glück wieder auf deiner Seite.«

An diesem Abend und auch am folgenden Donnerstag verliert Mama kein Wort über Junia, Cobi oder Angelo. Ich glaube aber, dass sie und Sabine sich über die Sache unterhalten und abgesprochen haben, dass wir uns vorerst aus dem Weg gehen. Es gibt keine gemeinsamen Mahlzeiten mehr, jeder isst in seiner eigenen Küche.

Mama ist total lieb und fürsorglich. Als ich am Donnerstag aus der Schule komme, empfängt sie mich sogar mit meinem Leibgericht: Tortellini in Schinken-Sahne-Soße mit grünem Salat.

»Wir haben eine Aushilfe eingestellt«, erzählt sie mir. »Sie arbeitet zwanzig Stunden in der Woche bei uns im Laden, sodass Sabine und ich mehr Zeit zu Hause verbringen können.«

»Dann scheint euer Geschäft ja gut zu laufen«, sage ich.

»Das tut es«, erwidert sie und streichelt mir lächelnd über die Wange. »Ich denke, in den Sommerferien ist ein richtig schöner Urlaub drin.«

Ich versuche, ein freudiges Gesicht zu machen, was mir allerdings nicht so richtig gelingt. Klar, würde ich gerne mal wieder in den Süden fahren und einen Teil meiner Ferien am Meer verbringen, im Moment beschert mir die Vorstellung, von hier wegzumüssen, jedoch eher Unbehagen.

»Dein Vater hat übrigens fünfzig Euro Kirmesgeld spendiert«, eröffnet sie mir. »Ich lege noch mal das Gleiche drauf. Es muss dann aber für die gesamten zwei Wochen Laufzeit reichen.«

»Danke, Mama«, sage ich und jetzt kriege ich tatsächlich ein Lächeln zustande. »Gehst du eigentlich auch hin?«, frage ich.

»Na ja«, meint sie und lächelt ebenfalls. »Eigentlich fühle ich mich diesem Rummel nicht mehr gewachsen. Aber Viktor möchte unbedingt, dass ich ihn begleite.«

»Ja dann«, sage ich, »wirst du dich wohl oder übel amüsieren müssen.«

Meine Mutter betrachtet mich forschend. »Bist du eigentlich noch sehr sauer auf mich?«, fragt sie. »Ich meine wegen … Viktor.«

»Glaub nicht«, erwidere ich. »Aber du musst mir versprechen, ihn mir vorzustellen, sobald es etwas Ernstes wird und bevor er bei uns am Frühstückstisch auftaucht«, betone ich.

»Versprochen«, sagt Mama und küsst mich auf die Nase.

Harper erscheint weder am Donnerstag noch am Freitag in der Schule, und nachdem er noch immer nicht auf meine SMS reagiert hat, versuche ich auch nicht mehr, ihn anzurufen. Doreens und mein Plan wird auch so klappen. Muss er einfach.

Freitag haben wir überraschenderweise schon nach der dritten Stunde Schluss.

»Kirmesfrei«, verkündet Herr Röpke. »Und weil das Wetter so schön ist.« Zwinkernd deutet er zur Klassenraumdecke. »Befehl von ganz oben.«

»Klar«, brummt Tobi. »Der Direx thront seit Neuestem auf Wolke siebenundvierzig.«

Mir für meinen Teil ist es ziemlich wurscht, wer das veranlasst hat, Hauptsache, schulfrei. Auf diese Weise bleibt mir noch ein bisschen Zeit, mich geistig auf den heutigen Kirmesnachmittag vorzubereiten.

Es war ja schon die ganze Woche über schönes Wetter,

aber dieser Tag verspricht in der Tat, besonders heiß zu werden. Bereits jetzt, um elf Uhr vormittags, knallt die Sonne so prächtig vom Himmel herunter, dass mir schon das Nachdenken Schweißperlen auf die Stirn treibt, umso mehr wundere ich mich, dass Junia wie eine Rakete aus dem Klassenraum stürzt und es offenbar besonders eilig hat, nach Hause zu kommen.

Als ich das Schulgelände verlasse, ist von ihr jedenfalls nicht einmal mehr eine Staubwolke zu sehen.

Im Gegensatz zu ihr trotte ich ganz gemütlich heim. Mit meinen Gedanken bin ich bereits auf der Kirmes und mit jedem Schritt, mit dem ich dem großen Ereignis näher komme, steigt auch meine Aufregung.

Mama ist natürlich noch nicht aus dem Laden zurück und auch Sabine scheint nicht im Haus zu sein. Meine Zimmertür finde ich sperrangelweit offen vor, was mich ein wenig in Erstaunen versetzt, denn ich bin mir sicher, dass ich sie so wie immer auch heute Morgen zugezogen habe.

Ich stelle den Rucksack neben meinem Schreibtisch auf den Boden und reiße erst mal beide Fensterflügel auf. Beim Zurücktreten fällt mein Blick auf meinen Schreibtisch und mit einem Schlag wird mir klar, warum die Tür nicht geschlossen war.

Ziemlich weit vorn an der Kante mitten auf meiner Schreibunterlage liegt ein grüner Umschlag, auf dem mein Name steht.

für Miriam

Junias schnörkelige Schrift erkenne ich sofort. Sie ist Sabines Rat also gefolgt und hat mir einen Brief geschrieben. Und deshalb hatte sie es eben nach dem Unterricht wohl auch so eilig. Offenbar schien ihr das die einzige Gelegenheit zu sein, ihn in mein Zimmer zu schmuggeln.

Zögernd nehme ich ihn auf, drehe ihn herum und öffne ihn. Der Briefbogen ist in einem etwas helleren Grünton eingefärbt als der Umschlag. Beides zusammen sieht sehr hübsch aus.

Ich lasse mich auf meinen Stuhl sinken, falte den Brief auseinander und fange an zu lesen.

Liebe Miriam,

ich kann Dir gar nicht sagen, wie leid es mir tut, dass ich Angelo über Nacht in mein Zimmer geholt habe. Es war gemein und ich habe es verdient, wenn Du mir das vielleicht Dein ganzes Leben lang nicht verzeihen kannst.

Ich weiß, dass es keine Entschuldigung ist, aber ich möchte trotzdem versuchen, es Dir zu erklären – was mir furchtbar schwerfällt, denn ich muss Dir ein Geständnis machen.

Wieder einmal rutscht mir das Herz in die Hose. Cobi ist alles, was ich denken kann. Junia hat also doch was mit ihm!

Meine Finger zittern wie verrückt und mit ihnen der Briefbogen, sodass ich kaum noch richtig weiterlesen kann, weil die einzelnen Wörter vor meinen Augen zu tanzen anfangen.

Es ist nicht so gewesen, dass ich Harper blöd fand. Im Gegenteil. Du kannst mich für verrückt erklären, denn ich weiß ja selber, dass es verrückt ist, aber ich glaube, ich habe mich sofort in ihn verliebt. Aber das war kein schönes Gefühl, sondern ein schreckliches. Denn ich habe natürlich sofort gemerkt, dass Harper nur Dich angesehen hat. Deshalb wollte ich ihn auch so schnell wieder loswerden. Was hätte ich gegen Dich auch für Chancen gehabt? In mir sehen doch sowieso immer alle nur den guten Kumpel.

Dich dagegen finden die Jungs toll. Rasmus und Tobi waren ja auch gleich in Dich verliebt, da hat es mich gar nicht gewundert, dass Harper auch sofort auf Dich geflogen ist.

»Das ist doch Blödsinn, Junia«, sage ich. »Tobi ist in dich verliebt. Schon seit über einem Jahr. Du hättest ihm nur ein Zeichen geben müssen.«

Dass er sich nicht gerade als Traumtyp entpuppen würde, hat man damals ja noch nicht wissen können.

Garantiert fragst Du Dich jetzt, was das mit Angelo zu tun hat.

»Allerdings, Junia«, brumme ich. »Und ich bin schon sehr gespannt auf deine Erklärung.«

Am Sonntag war ich irgendwie total sauer auf Dich.

»Du auf mich?«, rufe ich. »Na, ich glaube es ja nicht!«

Und als ich Angelo dann auf der Treppe fand, habe ich ihn mir einfach geschnappt. Zuerst war das nur so ein dummer Reflex, aber dann habe ich gemerkt, wie verzweifelt Du ihn gesucht hast, und da dachte ich, dass dies eine gute Möglichkeit wäre, Dich im Haus und damit von Harper fernzuhalten.

»Ganz toll, Junia, wirklich!«, stoße ich hervor. »Du hast also gemerkt, wie fertig ich wegen Angelo war, und hast ihn mir trotzdem nicht wiedergegeben«

Ich bin total von den Socken, und zwar im negativen Sinn. Auf eine solche Idee wäre ich nie, niemals in meinem Leben gekommen. So etwas stelle ich mir nun wirklich nicht unter einer guten Freundschaft vor. Ich kann mich kaum noch dazu durchringen weiterzulesen.

Als Harper am Montagmorgen dann plötzlich in unserer Klasse stand, bin ich fast gestorben. Und dann hast ausgerechnet Du auch noch neben ihm gesessen!!!

Ich war so fertig, Miri, das kannst Du Dir gar nicht vorstellen.

»Darum hast du also die Nummer mit Cobi abgezogen«, murmele ich. »Du wolltest, dass er eifersüchtig wird und auf mich aufpasst.«

Aber der Schuss ist ja nun richtig nach hinten losgegangen.

Natürlich habe ich mitbekommen, dass Harper Dich nach

deiner Handynummer gefragt hat, und als Du sie ihm gabst, war mir klar, dass Du Dich mit ihm treffen würdest. Zuerst wollte ich das unbedingt verhindern. Aber dann ist mir plötzlich klar geworden, was ich angerichtet habe, nämlich unsere Freundschaft zerstört – wegen eines Jungen, den ich überhaupt nicht kenne und der sowieso schon bald wieder weiterreisen würde.

Ich habe Dich so vermisst, Miri, und Deine (absolut gerechtfertigte!!!) Wut auf mich hat mir Löcher ins Herz gebrannt.

Tja und dann habe ich in meiner Verzweiflung die Geschichte mit dem Schuhschrank erfunden. Ich dachte, wenn ich Angelo aufspüre und ihn Dir bringe, dann wird alles wieder gut. Ich wollte Dir das mit Harper erzählen und Dich um Verzeihung bitten. Aber Du hast Dich gar nicht mit mir freuen können.

Oh, Miri, ich hoffe so sehr, dass Du mir verzeihen kannst!

Du bist die einzige wahre Freundin, die ich jemals hatte, und ich möchte Dich nicht verlieren.

Junia

»Tja, das hättest du dir auch ein bisschen früher überlegen können«, knurre ich und zerfetze den Brief mitsamt dem Umschlag in tausend Stücke.

Schließlich geht es hier nicht nur um Angelo, sondern auch darum, dass Junia Joey gegen mich aufgehetzt und in Cobi Zweifel an meinen Gefühlen gesät hat. Von ihm jedoch steht in diesem Brief kein einziges Wort. Spätestens jetzt hätte Junia mir sagen können, nein müssen, was mit ihm los ist. Weil sie das aber nicht getan hat, werde ich ihr auch nie, niemals verzeihen!

Eine halbe Stunde nach dem Mittagessen mache ich mich auf den Weg. Ich nehme die U-Bahn bis zum Marienplatz und steige dort in die Straßenbahnlinie 47, die zur Festwiese hinausfährt. Unterwegs grüble ich unentwegt über Junias Brief nach. Irgendwie werde ich das Gefühl nicht los, dass sie Cobi darin extra nicht erwähnt hat. So als ob sie mir nur einen Teil der Katastrophe hatte beichten wollen, nämlich genau so viel, wie Sabine von ihr verlangt hat. Andererseits hätte sie dann ihre Verliebtheit in Harper gar nicht erwähnen müssen. Aber womöglich hat sie die genauso schamlos erfunden wie die Geschichte mit dem Schuhschrank.

Ich werde einfach nicht schlau aus ihr, und anstatt allmählich klarer zu sehen, schwirrt mir nur immer mehr der Kopf.

Ach, verdammt! Warum mache ich mir bloß so viele Gedanken darum? Echtes Mitleid für Junia spüre ich nämlich noch immer nicht. Vor einer Woche hätte ich es wahrscheinlich als ein Riesenunglück angesehen, dass Junia und Joey sich in denselben Jungen verguckt haben, und jetzt bin ich eindeutig dafür, dass Joey ihn kriegt. – So schnell können die Dinge sich also ändern, was mich schon fast ein bisschen erschreckt. Und plötzlich kommen Zweifel in mir auf, ob ich auch wirklich das Richtige tue.

Nein, Miri, nein, rede ich mir gut zu. Jetzt bloß nicht schwach werden. Selbst wenn Junias Geschichte wahr ist und sie tatsächlich echte Gefühle für Harper hat, hat Joey ihn tausendmal mehr verdient. Und deshalb wird es auch keine Planänderung geben. – Basta!

Dennoch steigt meine Unruhe von Minute zu Minute, sodass ich es bald nicht mehr auf meinem Sitz aushalte und bereits zwei Stationen vor der Festwiese aufspringe und durch den Waggon bis ganz nach vorn laufe, um als Erste aussteigen zu können.

Als die Tür sich schnaufend öffnet, schlägt mir bereits eine aufregende Mischung aus lauter Musik, dem Jaulen und Klingeln der einzelnen Fahrgeräte, lachenden und kreischenden Stimmen und dem Duft nach gebrannten Mandeln und Bratwurst entgegen.

Ungeduldig warte ich, bis die Straßenbahn weitergefahren ist, dann überquere ich die Straße und laufe auf den Eingang zu, der wie in jedem Jahr auf der einen Seite vom Riesenrad und auf der anderen von der Geisterbahn flankiert wird.

Inzwischen ist es Viertel nach drei, Doreen und Joey dürften also schon längst hier sein.

Während ich mich vom Strom der Menschen nach rechts um den Kirmesplatz treiben lasse, rufe ich mir noch einmal ins Gedächtnis, welche Attraktionen Harper mir aufgezählt hat. Riesenachterbahn, Dosenwerfen, Mandeln, Polyp – und die altmodische Raupe. Ich glaube, das war alles, mehr fällt mir zumindest nicht ein. Die Raupe war früher Joeys und mein Lieblingsfahrgerät. Wir konnten gar nicht genug davon bekommen und wir haben jedes Mal Wetten abgeschlossen, welche Pärchen sich wohl küssen würden, wenn das Verdeck herunterging. Manchmal hatten wir sogar Glück und manche küssten sich immer noch, als es sich wieder öffnete.

Vor der Riesenachterbahn gerät der Menschenfluss ein wenig ins Stocken und ich habe ausreichend Gelegenheit, ins Kassenhäuschen zu spähen und auch die Mitarbeiter am Ein- und Ausstieg ins Visier zu nehmen. Sie sind alle sehr viel älter als Harper und nicht einer hat auch nur im Entferntesten Ähnlichkeit mit ihm.

Plötzlich tippt mir jemand von hinten auf die Schulter. Doch ich unterdrücke den Reflex, mich umzudrehen. Auf dem Rummel wird man ja ständig von allen möglichen Leuten angestupst und angequatscht und darauf habe ich überhaupt keine Lust.

Ich will gerade an einer Gruppe kleiner Jungen, die mit großen Augen und offenen Mündern dem durch die Kurven und Loopings rasenden Achterbahnwagen hinterherstaunen, vorbeigehen, da schiebt sich mir über meinen Kopf hinweg ein Lebkuchenherz ins Gesichtsfeld.

*Ich liebe dich,* steht in rosaroter Zuckergussschrift darauf.

Mit stockt fast das Herz.

Bevor ich jedoch in irgendeiner Weile reagieren kann, höre ich auch schon das leise »Miri, Miri« an meinem linken Ohr.

Cobis warmer Atem streift meinen Nacken und ich werde ganz steif vor Schreck. – Ja, vor Schreck! Denn ich kann es kaum glauben, dass er wirklich hier ist. Es erscheint mir so absurd, so unlogisch, so unfassbar. Im nächsten Augenblick baumelt das Lebkuchenherz um meinen Hals

»Miri«, flüstert Cobi noch einmal. »Bitte sei mir nicht böse. Und Junia auch nicht. Ich… Wir können dir alles erklären.«

Allmählich beginne ich zu begreifen, dass ich nicht träume, und drehe mich langsam um. Und da steht er vor mir – Cobi. So süß, so vertraut und so geknickt.

»Ist Junia etwa auch hier?«, platze ich heraus.

»Nein.« Cobi schüttelt den Kopf. »Ich habe gehofft, dich hier zu treffen, und halte schon seit halb drei vom Riesenrad aus den Eingang im Blick«, eröffnet er mir. »Junia hatte keine Lust mitzukommen, sie möchte Harper lieber nicht mehr begegnen. Sobald der Rummel vorbei ist, fährt er doch sowieso wieder weg, hab ich recht?«

»Dann hat sie dir also alles erzählt?«

Cobi nickt.

»Ja, das hat sie. Allerdings auch erst am Dienstag. Ich… ähm, ich war nämlich ziemlich schlecht zu erreichen.«

Zögernd legt er mir seinen Arm um die Schultern und zieht mich langsam weiter. Am liebsten würde ich mich gleich wieder losmachen, doch es ist einfach zu schön, ihn endlich wieder zu spüren – und zu wissen, dass er offenbar nie vorhatte, Schluss zu machen.

»Wo hast du überhaupt die ganze Zeit über gesteckt?«, frage ich trotzdem ein wenig aufgebracht.

»In einem Fußballinternat.«

»Was?« Jetzt drücke ich ihn doch weg. »Aber warum …?«

»Herr Diebutz hat mich letzten Samstag angerufen, als du mit deiner Clique am Baggersee warst«, erwidert Cobi und greift beinahe schüchtern nach meiner Hand. »Gerade laufen die Aufnahmeprüfungen auf den Internaten und die Plätze sind wie immer ziemlich begrenzt. Einer der Bewerber hat sich einen Meniskusriss zugezogen und ist kurzfristig ausgefallen. Und da hat Herr Diebutz mich gefragt, ob ich nachrücken will. Weißt du, man kann da sogar ein Stipendium kriegen … wenn man gut genug ist.«

»Aha«, sage ich und das Herz klopft mir bis zum Hals hinauf. »Und?«

Cobi zuckt die Achseln. »Offenbar hat es gereicht.«

»Heißt das …?«

Ich traue mich nicht, den Gedanken zu Ende zu denken, geschweige denn auszusprechen.

»Ja«, sagt Cobi. »Das heißt, ich bin angenommen. Gleich nach den Sommerferien geht es los.«

Ich habe das Gefühl, die ganze Welt stürzt über mir ein. Innerhalb von Sekundenbruchteilen bin ich nur noch von Trümmern umgeben.

»Aber das kannst du doch nicht machen!«, rufe ich. »Ich sterbe, wenn wir uns nicht mehr sehen. Die letzten Tage ohne dich waren einfach schrecklich.«

Cobi bleibt abrupt stehen und sieht mir in die Augen.

»Für mich auch, Miri«, krächzt er. »Aber weißt du, ich bin ja nicht aus der Welt. Dieses Internat ist einfach ein

Traum und es liegt nur knapp fünfzig Kilometer von hier entfernt. Ich komme jedes Wochenende nach Hause. Wir werden uns schon daran gewöhnen.«

Nein, will ich schreien. Nein, nein, nein! Aber mir ist sofort klar, wie wichtig diese Sache für ihn ist. Cobi liebt Fußball viel mehr als ich. Okay, ich bin ein bisschen enttäuscht, dass er scheinbar so leicht alles aufgibt: die Hegelschule, sein Zuhause, mich … aber irgendwie verstehe ich es auch.

»Ist es das gewesen, was du mir am Sonntag sagen wolltest?«, frage ich leise.

Cobi nickt. »Es war ganz furchtbar, dass ich mich so kurzfristig entscheiden musste und es gar nicht mehr richtig mit dir besprechen konnte. Ich hatte so einen Schiss davor, dir davon zu erzählen.« Er gerät ins Stocken. »Doch dann fing Junia mit dieser blöden Harper-Geschichte an und da bin ich total durchgedreht. Ich dachte, ich würde dich verlieren, und war fest entschlossen, auf keinen Fall auf das Internat zu gehen, und zwar ganz egal, wie die Aufnahmeprüfung laufen würde.«

»Hast du denn meine Nachrichten gar nicht bekommen?«, frage ich.

»Doch, natürlich.« Seufzend umschlingt Cobi meine Taille. Auch ich lege meinen Arm um seine Hüfte und wir schlendern gemächlich weiter. »Und je mehr du davon geschickt hast, desto mehr hat mich das Gewissen geplagt. Trotzdem habe ich mich ganz irre darüber gefreut. Du glaubst gar nicht, wie oft ich die Mailbox abgehört habe«, sagt er und eine verlegene Röte zieht sich über seine Schläfen. »Bis diese Blödhammel aus dem Internat mir das Handy gemopst haben. Danach habe ich deine Nachricht dann gelöscht.«

»Weißt du eigentlich, dass sie bei mir angerufen haben?«, frage ich.

»Nee.« Die Röte in Cobis Gesicht verschwindet und mit einem Schlag ist er aschfahl. »Das ist doch wohl nicht wahr! Was haben sie denn gesagt?«, erkundigt er sich vorsichtig.

»Och, sie haben nur meine Botschaft wiederholt und sich anschließend halb totgelacht.«

»Hölle, Miri, das ist ja vielleicht peinlich.« Cobi verdreht stöhnend die Augen. »Ich kann dir gar nicht sagen, wie leid mir das tut.«

»Mir erst«, grummle ich. »Offenbar hast du überhaupt keine Ahnung, was für Sorgen ich mir gemacht habe. Ich dachte, es ist vorbei mit uns ... oder dass du krank bist. Inzwischen ist mir natürlich klar, wieso du am Sonntag nicht fit genug für das Spiel bist«, setze ich seufzend hinzu. »Ich nehme mal an, dass diese Aufnahmetrainingswoche ziemlich anstrengend war?«

»Allerdings«, bestätigt Cobi. »Ich spüre jeden kleinsten Muskel.«

»Hm«, mache ich. »Trotzdem war es ziemlich gemein von dir, mich so lange im Ungewissen zu lassen.«

»Das weiß ich inzwischen auch.« Cobi drückt mich sachte an sich. »Es war wirklich blöd von mir, dass ich Junia verboten habe, dir vom Fußballinternat zu erzählen. Aber ich hatte eine solche Angst, dass du sauer bist und Schluss machst, wenn du es auf diese Weise erfährst.«

»Stattdessen war ich nur noch wütender auf Junia«, sage ich.

»Ja, verdammt.« Cobi schüttelt unwillig den Kopf. »Ich Idiot habe einfach nicht richtig nachgedacht. Du musst ihr das verzeihen«, fleht er. »Bitte! Sie kann doch nun wirklich nichts dafür.«

Nee, dafür nicht. In gewisser Hinsicht ist Junia eben doch eine treue Seele.

»Ich hätte niemals Schluss gemacht«, wispere ich. »Nie, nie, nie.«

»Ach, Miri, Miri.« Wieder bleibt Cobi stehen und nimmt mich ganz fest in den Arm. »Ich hab dich so, so lieb!«

Und dann küsst er mich mitten auf dem Kirmesplatz zwischen drei Milliarden Menschen und es ist einfach nur wunderschön!

Als wir uns nach einer Ewigkeit voneinander lösen und ich meine Augen wieder öffne, merke ich, dass wir direkt vor der Raupe stehen. Während wir miteinander sprachen, habe ich nämlich auf nichts und niemanden geachtet. Und jetzt, als wieder einmal neue Zweifel bezüglich Junia in mir aufgestiegen sind, überschlagen sich plötzlich die Ereignisse.

Die Raupe hat gerade angehalten und die ersten Fahrgäste steigen aus. Ich lasse meinen Blick einmal rundherum gleiten. Zuerst glaube ich, niemanden Bekanntes zu entdecken, dann dudelt mein Handy los und auf einmal bemerke ich in all dem Gewusel Harper, der von Wagen zu Wagen geht und die Jetons einsammelt.

»Bin gleich wieder da«, murmele ich, während ich mein Handy hervorpule und mich langsam in Bewegung setze.

»Was ist los?«, fragt Cobi. »Wo willst du denn hin?«

Ich mache eine unwillige Handbewegung und quetsche mich energisch und so schnell ich kann zwischen den Leuten durch auf die Raupe zu. Gleichzeitig stelle ich die Verbindung her und presse das Smartphone an mein Ohr.

»Miri, wo bist du?«, wispert Doreen. »Harper ist bei der Raupe und Joey sitzt schon drin. Ich muss mich jetzt dazusetzen, sonst wird sie misstrauisch.«

»Wo seid ihr?«, brülle ich, da erspähe ich sie bereits. – Ausgerechnet auf der Seite, die am weitesten von mir entfernt liegt. Harper nähert sich ihnen von hinten, wahrscheinlich hat Joey ihn noch nicht gesehen. Günstiger kann die Gelegenheit also gar nicht sein.

»Das schaffe ich nicht«, keuche ich. »Du musst es alleine machen. Hörst du, Doreen? Du kriegst das schon hin.«

»Okay«, haucht sie.

Im nächsten Moment ist die Verbindung unterbrochen und ich beobachte, wie sie sich neben Joey in den Wagen fallen lässt.

»Verdammt noch mal, was machst du denn?«, fluche ich.

Mittlerweile habe ich den Aufgang zur Raupe erreicht. Ich haste auf die gegenüberliegende Seite, dorthin, wo Joey und Doreen sind. Zwei Mädchen stürmen den letzten

Wagen. Harper ist jetzt genau einen Wagen hinter meinen Freundinnen.

»Hey!«, rufe ich. »Hey! Hey! Hey!«

Harper erreicht Doreen, doch sie scheint ihm ihren Jeton nicht geben zu wollen. Harper schüttelt den Kopf. Plötzlich fällt sein Blick auf mich.

»Miriam?«, ruft er. »Beeil dich! Dann kannst du noch mitfahren.«

Ich höre Cobi rufen und fange Joeys finsteren Blick ein. Man muss kein Professor für Mienenlesen sein, um zu wissen, was sie denkt.

Exakt in derselben Sekunde, in der ich bei ihrem Wagen ankomme, springt Doreen auf.

»He, was soll das?«, schreit Joey. »Ich fahre nicht mit Miriam.«

»Das sollst du ja auch gar nicht«, erwidert Doreen.

Mit einem Satz ist sie neben mir und Harper. Ohne lange zu fackeln, packen wir ihn an den Armen und drücken ihn neben Joey in den Sitz.

»Hier«, sagt Doreen und wirft ihm ihren Jeton in den Schoß. »Die Fahrt schenke ich dir.«

Joeys Augen werden riesengroß. Völlig konsterniert starrt sie mich an. Ich zwinkere ihr zu – und nach einem kurzen Zögern zwinkert sie ebenfalls. Ein durchdringendes Jaulen ertönt.

»Bitte treten Sie zurück!«, ruft der Mann an der Kasse durch den Lautsprecher und kurz darauf setzt die Raupe sich in Bewegung.

Doreen und ich lehnen uns gegen die Bande. Lachend

sehen wir uns an und recken unsere Daumen in die Höhe.

»Was geht denn hier ab?«, fragt Cobi, der nun ebenfalls herangeschnauft kommt.

»Wir haben gerade Joey und Harper miteinander bekannt gemacht«, sage ich. »Sie findet ihn nämlich ebenfalls gut.«

»Ach du liebe Güte!«, stöhnt Cobi. »Und was ist mit Junia?«

Ich zucke mit den Schultern und Doreen meint: »Wer zuerst kommt, mahlt zuerst.«

Grinsend winken wir Joey zu, die gerade an uns vorbeisaust. Ihre Augen strahlen und sie sieht total happy aus, Harper dagegen wirkt ein wenig angestrengt. Er scheint seine ganze Muskelkraft zu brauchen, um sich an der Außenkante des Wagens festzuhalten und nicht gegen Joey gedrückt zu werden. Nach drei Runden lässt er endlich locker und die beiden rutschen etwas enger zusammen. Sie lachen und reden, und als sich irgendwann dann das Verdeck schließt, bin ich ziemlich guter Dinge. Sicher werden sie sich nicht gleich küssen, aber der Anfang dürfte gemacht sein.

»Junia hat Joey erzählt, dass ich mich mit Harper getroffen habe«, erkläre ich Cobi unterdessen. »Joey war total sauer auf mich, weil sie dachte, ich würde ihr schon wieder dazwischenfunken. So wie bei dir damals.«

»Aber das hast du doch gar nicht«, erwidert Cobi leise und küsst mich sanft auf den Mund. »*Ich* habe *dich* angefunkt. Schon vergessen?«

»Nein«, sage ich lächelnd. »Jedenfalls was Junia angeht: Dass wir bei Harper und Joey ein wenig nachgeholfen haben, muss sie ja nicht wissen. Okay?«

Ich habe es kaum ausgesprochen, da sehe ich sie direkt unten vor der Raupe stehen. Junia starrt mich, Cobi und Doreen an und dann fällt ihr Blick dummerweise sofort auf Joey und Harper, die unter dem sich gerade erhebenden Verdeck zum Vorschein kommen.

Noch ehe die Raupe wieder ganz zum Stillstand gekommen ist, hat Junia sich umgedreht und rennt davon, als wäre der Teufel höchstpersönlich hinter ihr her.

Und nur einen Atemzug später bemerke ich noch jemanden – und mir fallen fast die Augen aus dem Kopf.

Inzwischen ist eine ganze Woche vergangen – eine Woche voller wundervoller Ereignisse. Zwischen mir und Cobi ist alles wieder gut. Wir sehen uns täglich in der Schule und verbringen jede freie Minute miteinander. Der Gedanke, dass das schon sehr bald nicht mehr so sein wird, tut weh, aber ich weiß auch, dass es richtig ist. Vielleicht nicht für mich, aber für Cobi. Mama ist jedenfalls irre stolz auf mich, dass ich dieses Opfer bringe, und findet das furchtbar erwachsen von mir.

Tja, und Joey hängt ständig auf der Kirmes herum. Sie und Harper sind mittlerweile nämlich tatsächlich zusammen. Ich telefoniere jeden Abend stundenlang mit ihr und höre mir ihre Schwärmereien an. Demnach ist Harper der tollste Typ unter der Sonne. Supernett, superintelligent, supercharmant, superoriginell und küssen kann er natürlich ebenfalls super.

Ich höre mir das alles wieder und wieder an und freue mich dumm und dusselig für sie. Und für mich natürlich auch, weil wir uns schon lange nicht mehr so gut verstanden haben.

Mit Junia läuft es allerdings noch immer nicht rund. Okay, wir reden wieder miteinander – allerdings nur das Nötigste – und die Stimmung im Haus ist insgesamt auch ein bisschen besser geworden, aber in der Schule sitze ich noch immer neben Tobi.

Ich spüre, dass Junia todunglücklich ist. Wegen Harper natürlich und weil sie so einen Mist gebaut hat und sicherlich auch ein bisschen meinetwegen.

Sie weiß ja auch nicht, dass ich, oder besser gesagt Joey, Doreen und ich, eine Riesenüberraschung für sie geplant haben. Und wir haben extra diese ganze lange Woche damit gewartet, damit sie ein bisschen Zeit hatte, über alles nachzudenken.

Damit sind übrigens auch Mama und Sabine sofort einverstanden gewesen, die ich vor drei Tagen in alles eingeweiht habe.

Wenn ich ehrlich bin, habe ich diese ruhigen Tage hier im Haus sehr genossen. Keinen Stress mehr und auch Junia nicht ständig auf der Pelle hocken zu haben, hat mir einfach irre gutgetan. Joey, Doreen und ich sind ein richtig gutes Team. Im Grunde verstehen wir uns blind. Dass Junia tatsächlich ein kleiner Störfaktor war, ist uns allen mittlerweile sehr bewusst geworden.

Aber noch etwas ist passiert. Ich habe gemerkt, dass ich Junia trotzdem mag und dass ich endlich über alles mit ihr reden will.

Und heute, am Samstag, Anfang Juni, ist es endlich so weit. Nach zwei Tagen Gewitter und Regen ohne Ende startet der Tag wieder mit herrlichem Sonnenschein.

»Keine Sorge, Schätzchen«, sagt Mama, kurz bevor sie und Sabine in Richtung Supermarkt starten. »Bis heute Nachmittag ist der Rasen sicher trocken genug.«

Das hoffe ich sehr und so beginne ich nach dem Duschen gleich mit den Vorbereitungen: Geschirr, Besteck und Servietten für acht Personen aufstapeln, vier große Decken zusammensuchen und die Vorratskammer nach verborgenen Schätzen durchsuchen.

Tatsächlich fördere ich dort noch ein Glas Silberzwiebeln, eine Dose meiner Lieblings-Knoblaucholiven und eine Flasche Chili-Soße zutage. Ich stelle alles zu den restlichen Sachen auf die Anrichte und fische das Tablett aus dem Unterschrank, als Junia in die Küche tritt.

»Kann ich dir helfen?«, fragt sie scheu.

»Klar«, sage ich. »Sehr gern sogar.«

Ihre Miene hellt sich auf. Mit ein paar Schritten ist sie bei mir.

»Was hast du denn vor?«, will sie wissen.

»Wir machen ein Gartenpicknick«, antworte ich und fange an, die Sachen auf das Tablett zu laden.

»Oh«, sagt Junia. »Und wann?«

»Na heute«, erwidere ich. »Du bist übrigens auch eingeladen.«

Lächelnd sehe ich sie an und sie lächelt zaghaft zurück.

»Es tut mir so leid«, sagt sie leise.

»Ich weiß.« Unschlüssig spiele ich mit den Servietten herum, ehe ich sie zu den Tellern und dem Besteck auf das Tablett lege. »Zum Glück ist ja alles gut gegangen. Oder zumindest fast«, füge ich schließlich noch hinzu.

Junia senkt den Kopf und betrachtet eingehend ihre Füße.

»Joey ist jetzt mit Harper zusammen, stimmt's?«

»Ja«, sage ich.

»Na ja, ich hätte ihn ja letztendlich sowieso nicht gewollt.«

»Du meinst, weil er bald nicht mehr hier ist?«, hake ich nach.

»Mhm.«

Junia starrt noch immer auf ihre Füße.

Ich überlege, ob ich das wirklich fragen soll, und fasse mir schließlich ein Herz. »Es ist wegen deines Vaters, stimmt's?«

Junia sieht mich erschrocken an. »Ähm, nein. Wieso?«

»Ach, ich dachte bloß«, sage ich schulterzuckend. »Ich könnte es jedenfalls gut verstehen, wenn du deswegen vielleicht Angst hast, auch andere Leute, die dir wichtig sind, zu verlieren.«

Junia schluckt. Wieder kann sie mich kaum angucken und plötzlich tropfen Tränen vor ihren Füßen auf den Küchenfußboden.

Mann und ich hab immer gedacht, dass sie innen drin so stark ist wie ein Hinkelstein und es nichts gibt, das sie aus der Bahn werfen kann.

»Mensch, Junia«, wispere ich. »Mensch, Mensch, Mensch.«

Und dann nehme ich sie einfach in den Arm und drücke sie ganz fest an mich.

»Es tut mir so leid, Miri, sooo leid«, schnieft sie in meine Halsbeuge.

»Hör auf, Junia, hör endlich auf damit«, sage ich energisch. »Hör auf zu heulen, hör auf, dich schlecht zu fühlen, hör auf, alle Menschen festhalten zu wollen. Wenn du nicht ständig so eifersüchtig wärst und rechthaberisch, wenn ich auch mal bei Joey pennen könnte, ohne deinetwegen gleich ein schlechtes Gewissen zu bekommen, wenn …«

»Ja, ja, ja«, unterbricht sie mich schluchzend. »Ich weiß es ja. Ich hatte jetzt so viel Zeit zum Nachdenken und du kannst mir glauben: Ich habe es kapiert. Joey und du, ihr wart früher nun mal die besten Freundinnen und ihr sollt es auch wieder sein. Ich habe kein Problem damit, wenn du nur wieder mit mir redest.«

»Tu ich ja«, sage ich und schiebe sie sanft von mir weg. »Und jetzt ist Schluss mit der Flennerei. Wenn es dir nicht gutgeht, kannst du immer zu mir kommen. Aber bitte sei ehrlich und verzapf nie wieder einen solchen Mist wie in den letzten Wochen.«

»Versprochen, Miri.« Junia wischt sich die Tränen weg, reckt ihr Kinn vor und hebt die Finger zum Schwur. »Versprochen und … danke, dass du mir verzeihst«, fügt sie ein wenig krächzig hinzu.

»Gut«, sage ich und räuspere mich. Diese ganze Gefühlsduselei wird mir gerade ein bisschen zu viel. »Dann pack mal mit an. Es gibt nämlich eine Menge zu tun.«

Als Erstes erscheinen Doreen und Rasmus auf der Bildfläche und sie staunen nicht schlecht. Im Schatten der Obstbäume haben Junia und ich aus Ziegelsteinen und mehreren Brettern einen großen quadratischen Tisch gebaut, der die Rasenfläche um gerade mal zehn Zentimeter überragt. Und darauf steht alles, was das Herz begehrt: Teller, Gläser, Schalen und Besteck, Knoblauchbaguette, Kartoffelsalat, Hähnchenschenkel, Frikadellen, jede Menge in Scheiben, Stücke oder Streifen geschnittenes Salatgemüse, meine Fundsachen aus der Vorratskammer, rote Grütze, Vanillesoße und ein dicker fetter Schokokuchen.

»Oh, wow!«, jubelt Doreen. »Wer soll das bloß alles essen?«

Ihre Augen funkeln vor Begeisterung und ich würde wetten, dass sie den Schokokuchen nur zu gern ganz allein verputzen würde.

Aber das kommt natürlich überhaupt nicht in die Tüte.

Rund um den Tisch herum haben Junia und ich die vier Decken drapiert und noch jede Menge Kissen darauf verteilt.

»Das ist ja wie im alten Rom«, meint Rasmus, schmeißt sich rücklings auf einen Kissenberg, legt seinen Kopf in den Nacken und schiebt sich eine Gurkenscheibe in den Mund.

Doreen platziert sich neben ihn und ich wähle die Decke ihnen gegenüber, die natürlich auch für Cobi reserviert ist, der als Nächstes eintrudelt.

»Köstlich«, findet er das Ganze und angelt sich eine Frikadelle vom Tisch.

Junia hat sich auf eine der beiden übrigen Decken gehockt, auf der sie ein wenig verloren wirkt. Und ich spüre auch, wie unbehaglich ihr zumute ist. In wenigen Minuten werden Joey und Harper hier eintreffen und Junia darf sich dann das Glück der beiden über den üppig gedeckten Tisch hinweg angucken. Ich kann ihre Tapferkeit nur bewundern.

Würden Doreen und Rasmus nicht so herumalbern und auf ihrer Decke Julius Cäsar und Kleopatra spielen, wäre die Anspannung kaum auszuhalten. Ich erwarte jede Sekunde, dass Junia doch noch aufspringt und ins Haus rennt, und atme erleichtert auf, als ich das leise Quietschen des Gartentors vernehme und kurz darauf Joey ums Haus herumkommt.

Mein Herz macht einen aufgeregten Luftsprung, als ich sie erblicke, so fröhlich lachend zwischen den beiden Jungs, Harper 1 und Harper 2, der in Wahrheit natürlich nicht Harper, sondern Garret heißt, seinem Zwillingsbruder aber bis auf die Schokoladenaugen gleicht.

Mein Blick fällt auf Junia, deren Gesichtsfarbe sich offenbar nicht zwischen Kirschrot und Kalkweiß entscheiden kann. Verdattert starrt sie den dreien entgegen. Zum Glück lässt Harper keine Verlegenheit erkennen, sondern marschiert direkt auf sie zu und fragt:

»Ist der Platz neben Ihnen eventuell noch frei, gnädige Frau?«

»Ähm …« Junia linst ihn unsicher an. »Aber … ich verstehe nicht …«

»Mach dir nichts draus«, sage ich. »Bei mir hat es auch eine Weile gedauert, bis ich es kapiert habe.«

Während Joey und Garret sich auf die letzte freie Decke plumpsen lassen, geht Harper mit etwas Abstand neben Junia in den Schneidersitz hinunter.

»Das ist übrigens Harper«, stelle ich ihn ihr vor. »Er ist derjenige, den wir am Baggersee kennengelernt haben und mit dem ich mich zu einem Eis getroffen habe, aber er ist nicht derselbe, der für einen Tag in unserer Klasse war, vorletzten Freitag an der Raupe die Jetons eingesammelt und sich wenig später in Joey verliebt hat.«

Junia schüttelt den Kopf.

»Ich kapiere immer noch nicht ganz …«, murmelt sie.

»Harper und Garret waren beide am Baggersee«, erkläre ich also weiter. »Du bist ihm sofort aufgefallen, aber er hat sich nicht getraut, dich direkt anzusprechen, und war froh, dass ich dabei war und er sich erst mal auf mich konzentrieren konnte.«

Junia schluckt. Sie kann Harper kaum ansehen, der nun das Wort übernimmt.

»Deine abweisende Art war nicht gerade ermutigend«, sagt er stockend, »und ich dachte schon, das wird nichts mehr. Als Garret dann aber zwei Tage später ausgerechnet zu dir und Miriam in die Klasse kam, dachten wir, dass das Schicksal es doch gut mit mir meint.«

»Moment mal«, wende ich ein. »Und wieso hat der Röpke uns Garret unter deinem Namen vorgestellt?«

»Ach, das ist so eine dumme Angewohnheit von uns.« Harper wirkt sichtlich verlegen. »Weil die Leute, mit denen wir nur kurze Zeit zu tun haben, uns sowieso nicht auseinanderhalten können, vertauschen wir meistens unsere Namen. Das sorgt in der Regel für doppelte Verwirrung und bringt uns natürlich meistens auch doppelt so viel Spaß. Bei Leuten, die uns besser kennen, und unseren Freunden machen wir das natürlich nicht!«, beeilt Harper sich hinzuzufügen und fährt dann mit seinem Bericht fort: »Na ja, jedenfalls hat Garret Miriams Telefonnummern herausbekommen und ich habe mich dann mit ihr getroffen, weil ich gehofft habe, über sie etwas mehr über dich in Erfahrung bringen zu können.«

»Tja, aber dummerweise habe ich ihm mehr als nur einmal klargemacht, dass du ihn nicht leiden kannst«, fahre ich fort. »Und damit war die Sache für Harper gegessen.«

»Eigentlich«, setzt nun Garret hinzu. »Bis Miriam plötzlich vor mir an der Raupe stand und sie und Doreen mich zu Joana in den Wagen geschubst haben.«

»Ja«, sage ich, zwinkere den beiden zu und wende mich dann wieder an Junia. »Und bis du ebenfalls dort auftauchtest und ich nur wenige Meter von dir entfernt Harper gleich noch einmal entdeckte. Tja, ich habe ihn natürlich gleich zur Rede gestellt«, setze ich ohne das kleinste Zögern hinzu. »Und ihm erklärt, dass du ihn eigentlich total gut leiden kannst.«

Junia schluckt noch einmal und für ein paar Sekunden herrscht angespanntes Schweigen. Sämtliche Blicke sind geradezu hypnotisch auf sie und Harper gerichtet, der nun unruhig auf seinem Hintern herumrutscht. Schließlich greift er sich einen Möhrenstreifen und hält ihn Junia unter die Nase.

»Wenn ich Ihnen diese köstliche Speise anbieten dürfte, gnädige Frau …?«

»Jetzt hör schon auf damit«, erwidert Junia und nimmt ihm kichernd das Möhrenstück aus der Hand.

»Oh, wir sind also bereits beim Du angelangt«, meint Harper grinsend und nimmt das zum Anlass, gleich noch ein Stück näher an Junia heranzurücken.

»Aber wieso seid ihr Zwillinge?«, fragt sie irritiert.

»Keine Ahnung«, meint Garret. »Das muss sich bei unserer Geburt so ergeben haben.«

»Oder schon früher, als unsere Eltern … na ja, ihr wisst schon«, fügt Harper hinzu.

»Das meine ich nicht«, entgegnet Junia ein wenig ungeduldig.

»Oh, ich weiß schon«, sagt Harper. »Du ärgerst dich darüber, dass wir nicht von Anfang an mit offenen Karten gespielt haben, sondern diese üblichen Zwillingsspielchen gespielt haben.«

»Ja … na jaaa«, druckst Junia.

»Eigentlich wollte sie sagen, dass sie sich wahnsinnig darüber ärgert, dass du und Garret in Wahrheit ein Doppelpack seid«, wirft Joey lachend ein.

»Nö … also …« Jetzt druckst Junia noch mehr.

»Es gibt übrigens eine weitere gute Nachricht«, beeile ich mich hinzuzufügen, bevor Junia womöglich so rot wie eine ganze Kirschbaumplantage wird. »Garret und Harper werden bis zu ihrem Realschulabschluss nicht mehr mit ihrer Familie durchs Land ziehen, sondern hier in der Stadt bleiben.«

Junia fällt vor Staunen die Kinnlade herunter.

»An dem Tag, als ich bei euch in der Klasse war, habe ich gemerkt, dass mein Bruder und ich von unserem Wissensstand her noch viel mehr hinterherhinken, als wir dachten«, erzählt Garret. »Unsere Eltern hatten endlich ein Einsehen und unsere Großeltern haben sich netterweise angeboten, uns für eine Weile bei sich aufzunehmen.«

»Und wo wohnen eure Großeltern?«, erkundigt Junia sich vorsichtig.

»Am anderen Ende der Stadt, ganz in der Nähe der Festwiese«, sagt Harper. »Die Verbindung zur Hegelschule ist allerdings perfekt. Wir werden uns von nun an also wohl oder übel jeden Tag sehen.«

»Na ja, sooo schlecht finde ich das eigentlich gar nicht«, meint Junia verschmitzt und schnappt sich blitzschnell einen Hähnchenschenkel, in den Harper ebenso blitzschnell hineinbeißt.

»Damit ist das Picknick offiziell eröffnet!«, ruft Doreen und macht sich sofort über den Schokokuchen her.

In der folgenden Viertelstunde geben wir nicht viel mehr von uns als genüssliches Geseufze und Geschmatze. Und etwas später gesellen sich noch Mama, Sabine und Herr und Frau Wollmick dazu, die ein selbst gebautes Freilaufgehege für Angelo anschleppen und dafür mit reichlich Kartoffelsalat und Frikadellen belohnt werden.

»Jetzt fehlen nur noch Papa und Martina«, sage ich und mit einem schelmischen Blick auf meine Mutter: »Und Viktor.«

»Ach, mit dem gehe ich heute erst mal auf den Rummel«, meint sie. »Und dann sehen wir weiter.«

»Deine Mutter hat also tatsächlich einen Lover?«, raunt Cobi mir ins Ohr.

»Jep.«

»Und du hast nichts dagegen?«

»Nö.«

»Etwa, weil dein Vater angefangen hat?«, fragt er leise. »Und Männer immer die Bösen sind?«

»Sind sie doch gar nicht«, wispere ich zurück. »Es ist nur so, dass ich ziemlich lange ziemlich böse auf Papa war. Viel länger, als ich dachte. Aber eigentlich ist doch alles gut so, wie es ist.«

»Finde ich auch«, murmelt Cobi und dann küssen wir uns wie wild auf den Mund.

# Patricia Schröder

978-3-401-50348-6

## Beste Freundin, blöde Kuh!

Miri und Joey sind die besten Freundinnen und einfach unzertrennlich. Doch plötzlich findet Joey das alles blöd und interessiert sich nur noch für BHs, Küssen und Jungs. Miri versteht die Welt nicht mehr. Krach mit Joey hat es doch bisher noch nie gegeben! Miri geht Fußball spielen und trifft neue Freunde, doch dann verliebt sie sich in Cobi – ausgerechnet Cobi, in den sich auch Joey unsterblich verknallt hat.

978-3-401-50356-1

## Beste Freundin, blöde Kuh! Und raus bist du

Für Miri ist klar: Joey ist die blödeste Kuh aller Zeiten. Und alles nur wegen Cobi, mit dem Miri zusammen ist und auf den sie sogar ihrer Freundschaft zuliebe verzichtet hätte – wenn Joey sich nicht so superfies verhalten würde. Aber haben die beiden ehemals besten Freundinnen überhaupt noch eine Chance?

978-3-401-50357-8

## Beste Freundin, blöde Kuh! Eine wie keine

Miri ist angenervt von ihrer neuen Freundin Junia, die alles besser weiß. Außerdem hat sie Stress mit Cobi, der urplötzlich mit einer anderen rumhängt. Wie soll Miri das nur aushalten? Als ihre Mutter einen Schulwechsel organisiert, brennen bei Miri sämtliche Sicherungen durch. Sie haut ab – und merkt, wie sehr sie ihre ex-beste Freundin Joey immer noch vermisst. Ob die beiden noch eine letzte Chance bekommen?

Arena

Jeder Band:
Arena-Taschenbuch
Auch als E-Book erhältlich
Als Hörbuch bei Arena Audio

www.arena-verlag.de

Patricia Schröder

**Beste Freundin, blöde Kuh!**

## Mein Notizbuch

Ein hippes Notizbuch, das einfach gute Laune macht! Zum Schreiben, Kritzeln, Malen, Dichten und Denken – für alles, was sinnig oder total unsinnig ist!

## Mein Tagebuch

Alle Mädchen haben Geheimnisse! Und nichts ist schöner, als sie aufzuschreiben ... Auf diesen kultig gestalteten Seiten ist jede Menge Platz für alles, was noch nicht einmal die beste Freundin lesen darf! Ein streng geheimes Tagebuch – mit Schloss!

Arena

128 Seiten • Gebunden
ISBN 978-3-401-06906-7

144 Seiten • Gebunden
Mit Schloss
ISBN 978-3-401-06246-4
www.arena-verlag.de

Margot Berger / Stefanie Dörr
Ilona Einwohlt / Alice Pantermüller

## Beste Freundinnen gegen den Rest der Welt

Leo und Ammi beschließen, ein Pony zu retten. Und plötzlich stecken sie in einem Abenteuer voller Mutproben.
Als Lea Tinatin eine Falle stellt, erkennt Alva, wer die wahre Freundin ist.
Maxi hatte schon befürchtet, es wird chaotisch, wenn Papas neue Freundin und deren Tochter zu ihnen ziehen. Doch schnell wird klar: Eine Freundin ist besser als gar keine Schwester!
Cliquenchefin Lilly verlangt einen Treuebeweis von Terry für ihre Freundschaft. Doch sie bekommt ganz überraschend Hilfe ...

Arena
224 Seiten • Klappenbroschur
Vier Geschichten
ISBN 978-3-401-50678-4
www.arena-verlag.de